洪範文學叢書 195

現代中國詩選

楊牧
鄭樹森 編

洪範書店印行

目次

商禽

一九三一——

火雞

一個小孩告訴我：那火鷄要在吃東西時才把鼻上的肉綬收縮起來；挺挺地，像一個角。我就想：火鷄也不是喜歡說閒話的家禽；而它所啼出來的僅僅是些抗議，而已。

篷着翅羽的火鷄很像孔雀；（連它的鳴聲也像，爲此，我曾經傷心過。）但孔雀仍炫耀它的美——由於寂寞；而火鷄則往往是在示威——向着虛無。

向虛無示威的火鷄，並不懂形而上學。

喜歡吃富有葉綠素的葱尾。
談戀愛，而很少同戀人散步。
也思想，常常，但都不是我們所能懂的。

躍場

滿鋪靜謐的山路的轉彎處，一輛放空的出租轎車，緩緩地，不自覺地停了下來。那個年青的司機忽然想起這空曠的一角叫「躍場」。「是啊，躍場。」於是他又想及怎麼是上和怎麼是下的問題——他有點模糊了；以及租賃的問題，「是否靈魂也可以出租……？」

而當他載着乘客複次經過那裏時，突然他將車猛地煞停而俯首在方向盤上哭了；他以爲他已經撞燬了剛才停在那裏的那輛他現在所駕駛的車，以及車中的他自己。

長頸鹿

那個年青的獄卒發覺囚犯們每次體格檢查時身長的逐月增加都是在脖子之后，他報告典獄長說：「長官，窗子太高了！」而他得到的回答卻是：「不，他們瞻望歲月。」

仁慈的青年獄卒，不識歲月的容顏，不知歲月的籍貫，不明歲月的行蹤；乃夜夜往動物園中，到長頸鹿欄下，去逡巡，去守候。

滅火機

憤怒昇起來的日午，我凝視着牆上的滅火機。一個小孩走來對我說：「看哪！你的眼睛裏有兩個滅火機。」爲了這無邪告白，捧着他的雙頰，笑，我不禁哭了。我看見有兩個我分別在他的眼中流淚；他沒有再告訴我，在我那些淚珠的鑑照中，有多少個他自己。

阿 蓮

如果是夜，阿蓮
在你子宮般溫暖黑暗裏
我可點燃一絲意念
照亮那唯一的小溪
漂流在你的柔細的髮中
遊魚，以你赭色的尾
拍擊我的左心房
使嘔出了幾乎半個春天
（那時是十一月
　　是去年）
十一月的冒牌春天
到處潛行
我不知爲何要笑

若是人家把你的街角
切了，就會有兩個
而春天是橢圓形的
冬天是被切了又切

若是你用赭色的雙鰭打我
你會遭到擁抱，阿蓮
你的耳朵要被囓咬
（轉動那紅色的把手）

如果沒有夜，阿蓮
白晝不來，黃昏永逝
如果在無盡的黎明裏
淡紫的雙乳飾着垂死的魚
有人的臂會石化在枕上
有人的頸將浮雕在那裏

結晶的鹽，且被流星擊碎

如果是夜，阿蓮
村人豎起赤裸的竹桿又掛上
無數的祈安燈戴上蔗葉帽子
看見黑暗在寂靜的庭院中
如何被那些燈光
琢成一粒無光的黑寶石
我綠色的手臂交在上面
並死在那裏。但是
阿蓮，你不知有人正偵視你
有人在你的腹中
用風塑了些新的名字
在你子宮般溫暖黑暗裏

阿蓮，轉動那紅色的把手

要不我會在別處聽見你
那裏人家把淚珠染成好看的顏色
成串的掛在門口把冷暖分隔
在運油卡車的鐵尾上
聽見你被驚駭
被安全島上行道樹投下的影子
斬段，且被傷心的字眼踐踏
不再被擁抱，不再被嚙咬……

遙遠的催眠

懨懨的
　島上許正下着雨
　你的枕上晒着鹽
　鹽的窗外立着夜
夜　夜會守着你

守着泥土守着鹽
守着你 守着樹
因爲泥土守着樹
因爲樹會守着你

因爲樹會守着夜
鳥在林中守着樹
鳥在樹上守着星
星在夜中守着你

因爲星會守着夜
雲在天上守着星
雲在星間守着風
風在夜中守着你

因爲風會守着夜
草在地上守着風
草在風中守着露
露在夜中守着你
因爲露會守着你
守着泥土守着樹
守着山巒守着霧
霧在夜中守着你
霧在夜中守着河
水在河中守着魚
守着山　守着岸
山在海邊守着你
山在夜中守着你

山在夜中守着海
守着沙灘守着浪
船在浪中守着你

守着海浪守着夜
守着沙灘守着你
守着河岸守着水
我在夜中守着你

守着山巒守着夜
守着泥土守着你
守着星　守着露
我在夜中守着你

守着樹林守着你
守着草叢守着夜

守着風　守着霧
我在夜中守着你

守着聲音守着夜
守着雀鳥守着你
守着戰爭守着死
我在夜中守着你

守着形象守着你
守着速度守着夜
守着陰影守着黑
我在夜中守着你

守着孤獨守着夜
守着距離守着你
我在夜中守着夜

我在夜中守着你

天河的斜度

在霄裏的北北西
羊羣是一列默默
是盼望的另一種樣子
在另外一種樣子裏
牧場在天河之東，那時
池塘在心之內裏
心在六弦琴肥碩的腰身間

祇一夜，天河
將它的斜度
彷彿把寧靜弄歪
而把最最主要的

一片葉子，垂向水面
去接那些星

天河垂向水面
星子低低呼喚
無數單純的肢體
被自己的影子所感動

六弦琴在音波上航行
草原
在帆纜下浮動
流淚
並作了池塘的姊妹
在高壓線與葡萄架之間
天河俯身向他自己。

即是我的正東南
被疇範於兩列大業桉
死了的馬達聲
　　發霉了的
嘆息是子夜的音爆
我的友人用方糖問路
迷失在屋簷下的森林裏
無人知你看她洗頭時的茫然
那時，天河在牧場的底下

無人知我看妳晒頭時的茫然
后土，去死是多麼無聊啊
時間從菜籃中漏失
去成爲蜂房
去釀

唯盲人的咀嚼始甜的蜜

自從天河將它的斜度
移置於我平平的額角
在霄裏北北之西
有日也有夜
　夜去了不來
　日來了不去
三月在兩肩晃動
裙裾被凝睇所焚，胴體
溶失於一巷陽光
餘下天河的斜度
在空空的杯盞裏。

涉禽

從一條長凳上
午寐
醒來
忘卻了什麼是
昨日
今天
把自己豎起來
伸腰
呵欠
竟不知時間是如此的淺
一舉步便踏到明天

無言的衣裳

——一九六〇年秋・三峽・夜見浣衣女

月色一樣的女子
在水湄
默默地
搥打黑硬的石頭
(無人知曉她的男人飄到度位去了)
荻花一樣的女子
在河邊
無言地
搥打冷白的月光

（無人知曉她的男人流到度位去了）

月色一樣冷的女子
荻花一樣白的女子
在河邊默默地搥打
無言的衣裳在水湄

（灰朦朦的遠山總是過後才呼痛）

電鎖

這晚，我住的那一帶的路燈又準時在午夜停電了。

當我在掏鑰匙的時候，好心的計程車司機趁倒車之便把車頭對準我的身後，強烈的燈光將一個中年人濃黑的身影毫不留情的投射在鐵門上，直到我從一串鑰匙中選出了正確的那一支對準我心臟的部位插進去，好心的計程車司機才把車開走。

我也才終於將插在我心臟中的鑰匙輕輕的轉動了一下「咔」，隨即把這段靈巧的金屬從心中拔出來順勢一推斷然的走了進去。沒多久我便習慣了其中的黑暗。

張默

一九三一——

長頸鹿

在臺北動物園的盡處
在被團團圍住的高高的鐵欄杆之內
一頭斑爛奪目的長頸鹿
怡然的昂首，且揚着
長長的
前蹄
有時，牠佝僂着自己身軀的
最突出的部分

任前腿儘量下壓，下壓
彷彿以千斤之力
把大地踩成
一座酒泉

然後，牠又極欲狂奔
以其輕快的醉步，污染每一寸時間的沃土
牠的眼裏是無限的遼闊
牠的眼裏是無限的伸長

駝鳥

遠遠的
靜悄悄的
閑置在地平線最陰暗的一角
一把張開的黑雨傘

尋

從狼煙四起的山海經裏
追蹤跑得老遠老遠駱駝的影子
從雁陣驚寒十一月多皺紋的天空
撲捉那些濕濕黏黏的
北方搖曳而來的秋雨
縱使你在千山千水之外
迢迢亦如望不斷的鄉關
我那耽擱了三十年滿佈塵埃的翅膀
還是要鼓起餘勇
一頭闖進你疙疙瘩瘩的丘壑

吳望堯

一九三二—

乃有我銅山之崩裂

乃有我銅山之崩裂了
你心上的洛鐘也響着嗎？
復活的是朶黑色之花又埋葬於……
啊！泥濘的路上是蹄痕猶新的
而請你勿再點燃這旅店中青青的燭火
我心在高原；臉上有風雪的陰影
看時間的白馬嘶鳴着，我去了
你又何不收拾起將流的淚顆
卽使有委曲，也莫在冷冷的路上哭泣

迴最後一眸於你鬢邊的小銀鈴上
因爲它召喚我；以如此輕柔的聲音
但我再不敢偷窺妳的眼，今夜
還是拾一串記憶，聽風的耳語
如一個流浪人彳亍於陽光外的古城
而濃霧四起，銅山崩裂了……

憂鬱解剖學

因爲我的血型是A
所以我憂鬱的原子如鈾二三五的分裂
你不是說黑色的底片上有八億九千萬個二十一等星？
唉唉！我的憂鬱何其多呵！

因爲愛情已彎曲於第五度空間

微笑的愛因斯坦又搔着他的白首去了
孤獨地，留下我於有限的宇宙而膨脹嗎？
而聽說太陽的黑子羣又達到了高潮！

因爲沸騰的岩漿已凝結成火成岩
又不堪時間的壓力而褶皺如阿爾卑士的地層
心的表土堆起的是黑色的土壤
而風化，夾雜着散碎的破片而剝落，剝落

所以我的狂笑原在長蛇座的星雲
我的心是古老的岩頁，記載着憂鬱的指數
但誰是明日憂鬱的解剖學家
來翻開我心頁如此沉重的巨著？

瘂弦

——一九三二——

秋歌

——給暖暖

落葉完成了最後的顫抖
荻花在湖沼的藍睛裏消失
七月的砧聲遠了
暖暖

雁子們也不在遼夐的秋空
寫牠們美麗的十四行了
暖暖

馬蹄留下踏殘的落花
在南國小小的山徑
歌人留下破碎的琴韻
在北方幽幽的寺院

秋天，秋天甚麼也沒留下
只留下一個暖暖

只留下一個暖暖
一切便都留下了

一九八〇年

老太陽從蓖蔴樹上漏下來，
那時將是一九八〇年。

我們將有一座
費一個春天造成的小木屋，
而且有着童話般紅色的頂
而且四周是草坡，牛兒在嚙草
而且，在澳洲。
地丁花喧噪着各種顏色，
用以排遣她們的寂寥。

雲們
早晨從山坳裏漂泊出來，
晚上又漂泊回去，
沒有甚麼事好做。

天空有很多藍色，
你問我能不能借一點下來染染珊珊的裙子呢？

（我怎麼會知道呀！）

屋後放着小小的水缸。
天狼星常常偷偷的在那兒飲水，
獵戶星也常常偷偷的在那兒飲水，
孩子們的圓臉，也常常偷偷的在那兒飲水。

牛們都很聽話；
刈麥節前一天
默默地贈給我們最最需要的奶汁！
奶汁裏含有青青的草味，
珊珊不喜愛那草味。

山谷離我們遠遠的，
沒有甚麼可送我們，
送給我們一些歌，一些回聲，

你說
這已經够好了。

冬天來時雪花埋着窗子
乃烘起秋天拾來的落葉，
毛毛拾的最多，
毛毛乖
毛毛拾的最多。

我說要到小鎮上
買點畫片兒吧，
襪筒兒也該掛在門楣上了，
南方的十字星也該運轉到耶路撒冷了。

你說畫片兒有甚麼好看
我們不就住在畫片裏嗎？

我卻辯駁着說：
那也不要在麵包裏夾甚麼了，
就夾你的笑吧。

吵到最後你說唱歌吧！
唱唱總是好的。
孩子們都睡了，
燈花也結了好幾朶了。

我說你還趕做甚麼衣裳呀，
留那麼多的明天做甚麼哩？

第二天老太陽又從蓖蔴樹上漏下來，
那時將是一九八〇年。

山神

獵角震落了去年的松果
棧道因進香者的驢蹄而低吟
當融雪像紡織女紡車上的銀絲披垂下來
牧羊童在石佛的腳指上磨他的新鐮
春天，呵春天
我在菩提樹下爲一個流浪客餵馬

礦苗們在石層下喘氣
太陽在森林中點火
當瘴癘婆拐到雞毛店裏兜售她的苦蘋果
生命便從山鼬子的紅眼眶中漏掉
夏天，呵夏天
我在敲一家病人的銹門環

俚曲嬉戲在村姑們的背簍裏
雁子哭着喊雲兒等等他
當衰老的夕陽掀開金鬍子吮吸林中的柿子
紅葉也大得可以寫滿一首四行詩了
秋天，呵秋天
我在煙雨的小河裏幫一個漁漢撒網

樵夫的斧子在深谷裏唱着
怯冷的狸花貓躲在荒村老嫗的衣袖間
當北風在煙囱上吹口哨
穿烏拉的人在冰潭上打陀螺
冬天，呵冬天
我在古寺的裂鐘下同一個乞兒烤火

鹽

二嬤嬤壓根兒也沒見過退斯妥也夫斯基。春天她只叫着一句話：鹽呀，鹽呀，給我一把鹽呀！天使們就在榆樹上歌唱。那年豌豆差不多完全沒有開花。

鹽務大臣的駱隊在七百里以外的海湄走着。二嬤嬤的盲瞳裏一束藻草也沒有過。她只叫着一句話：鹽呀，鹽呀，給我一把鹽呀！天使們嬉笑着把雪搖給她。

一九一一年黨人們到了武昌。而二嬤嬤卻從吊在榆樹上的裹腳帶上，走進了野狗的呼吸中，禿鷲的翅膀裏；且很多聲音傷逝在風中，鹽呀，鹽呀，給我一把鹽呀！那年豌豆差不多完全開了白花。退斯妥也夫斯基壓根兒也沒見過二嬤嬤。

酒巴的午後

我們就在這裏殺死
殺死整個下午的蒼白
雙腳蹂躪瓷磚上的波斯花園
我的朋友，他把栗子殼
唾在一個無名公主的臉上

窗簾上繡着中國塔
一些七品官走過玉砌的小橋
議論着清代，或是唐代
他們的朝笏總是遮着
另外一部分的靈魂

忽然我們好像

好像認可了一點點的春天
雖然女子們並不等於春天
不等於人工的紙花和隔夜的殘脂
如果你用手指證實過那些假乳
用舌尖找尋過一堆金牙

而我們大口喝着菊花茶
（不管那採菊的人是誰）
狂抽着廉價煙草的暈眩
說很多大家閨秀們的壞話
復殺死今天下午所有的蒼白
以及明天下午一部分的蒼白
是的，明天下午
鞋子勢必還把我們運到這裏

苦苓林的一夜

小母親，燃這些茴香草吧
小母親，把妳的血給我吧

讓我也做一個夜晚的妳
當露珠在窗口嘶喊
耶穌便看不見我們
我就用頭髮
蓋着，蓋着妳底裸體
像衣裳，使妳不再受苦
且也嫉妒着
且也喃喃着
——關於別的草兒

當黃昏星乍現
滋生在街燈下
　阻攔行人的
喧呶的草兒
那種危險的感覺
就是帶刈草機也不要去的
那種感覺的危險

就這樣
在雙枕的山岬間
猶似兩隻曬涼的海獸
讓靈魂在舌尖上
纏着，絞着，黏着
以毒液使彼此死亡
（等天亮了，我們便再也聽不到房東太太的樓梯響……）

然後就走，順着河
用鴨舌帽把耳環遮起
像一個弟弟、
帶我去看潮，看花
然後再走，順着河
越過這夜，這星
這黑色的美
越過這牀單
牀單原是我們底國
小母親，把我的名字給妳吧
小母親，把妳的名字給我吧

巴黎

奈帶奈藹，關於牀我將對你說甚麼呢？
——A・紀德

你唇間輭輭的絲絨鞋

踐踏過我的眼睛。在黃昏，黃昏六點鐘
當一顆殞星把我擊昏，巴黎便進入
一個猥瑣的屬於牀笫的年代

在晚報與星空之間
有人濺血在草上
在屋頂與露水之間
迷迭香於子宮中開放

你是一個谷
你是一朶看起來很好的山花
你是一枚餡餅，顫抖於病鼠色
膽小而窸窣的偷嚼間

一莖草能負載多少眞理？上帝
當眼睛習慣於午夜的罌粟

以及鞋底的絲質的天空；當血管如兔絲子
從你膝間向南方纏繞

去年的雪可曾記得那些粗暴的腳印？上帝
當一個嬰兒用渺茫的淒啼詛咒臍帶
當明年他蒙着臉穿過聖母院
向那並不給他甚麼的，猥瑣的，牀笫的年代

你是一條河
你是一莖草
你是任何腳印都不記得的，去年的雪
你是芬芳，芬芳的鞋子

在塞納河與推理之間
誰在選擇死亡
在絕望與巴黎之間

唯鐵塔支持天堂

倫敦

我是如此厭倦猛烈的女人們了，
跳着一定要被人所愛，
當無絲毫的愛在他們心中。
——D·H·勞倫斯

弗琴尼亞啊
在夜晚，在西敏寺的後邊
當灰鴿們剝啄那口裂鐘
我乃被你兇殘的溫柔所驚醒

想這時費茲洛方場上
一盞煤氣燈正忍受黑夜
乞丐在廊下，星星在天外

菊在窗口，劍在古代

我的弗琴尼亞是在牀上
咀嚼一個人的髫子
當手鐲碎落，楠木呻吟
蓆褥間有着小小的地震

你的髮是非洲剛果地方
一條可怖的支流
你的臂有一種磁場般的執拗
你的眼如腐葉，你的血沒有衣裳

而當跣足的耶穌穿過濃霧
去典當他唯一的血袍
我再也抓不緊別的東西
除了你茶色的雙乳

這是夜，在泰晤士河下游
你唇間的刺蘼花猶埋怨於膽怯的採摘
乞丐在廊下，星星在天外
菊在窗口，劍在古代

弗琴尼亞啊，六點以前我們將死去
當整個倫敦躲在假髮下
等待黑奴的食盤
用辨士播種也可收穫麥子

上校

那純粹是另一種玫瑰
自火焰中誕生
在蕎麥田裏他們遇見最大的會戰

而他的一條腿訣別於一九四三年

他曾聽到過歷史和笑

甚麼是不朽呢
咳嗽藥刮臉刀上月房租如此等等
而在妻的縫級機的零星戰鬥下
他覺得唯一能俘虜他的
便是太陽

如歌的行板

溫柔之必要
肯定之必要
一點點酒和木樨花之必要
正正經經看一名女子走過之必要

君非海明威此一起碼認識之必要
歐戰，雨，加農炮，天氣與紅十字會之必要
散步之必要
溜狗之必要
薄荷茶之必要
每晚七點鐘自證券交易所彼端

草一般飄起來的謠言之必要。旋轉玻璃門
之必要。盤尼西林之必要。暗殺之必要。晚報之必要
穿法蘭絨長褲之必要。馬票之必要
姑母遺產繼承之必要
陽臺、海、微笑之必要
懶洋洋之必要

而既被目為一條河總得繼續流下去的
世界老這樣總這樣：——

觀音在遠遠的山上
罌粟在罌粟的田裏

深淵

我要生存，除此無他；同時我發現了他的不快。
——沙特

孩子們常在你髮茨間迷失
春天最初的激流，藏在你荒蕪的瞳孔背後
一部分歲月呼喊着。肉體展開黑夜的節慶。
在有毒的月光中，在血的三角洲，
所有的靈魂蛇立起來，撲向一個垂在十字架上的
憔悴的額頭。

這是荒誕的；在西班牙
人們連一枚下等的婚餅也不投給他！

而我們爲一切服喪。花費一個早晨去摸他的衣角。
後來他的名字便寫在風上，寫在旗上。
後來他便拋給我們
他吃賸下來的生活。

去看，去假裝發愁，去聞時間的腐味
我們再也懶於知道，我們是誰。
工作，散步，向壞人致敬，微笑和不朽。
他們是握緊格言的人！
這是日子的顏面；所有的瘡口呻吟，裙子下藏滿病菌。
都會，天秤，紙的月亮，電桿木的言語，
（今天的告示貼在昨天的告示上）
冷血的太陽不時發着顫
在兩個夜夾着的
蒼白的深淵之間。

歲月，貓臉的歲月，
歲月，緊貼在手腕上，打着旗語的歲月。
在鼠哭的夜晚，早已被殺的人再被殺掉。
他們用墓草打着領結，把齒縫間的主禱文嚼爛。
沒有頭顱眞會上升，在衆星之中，
在燦爛的血中洗他的荆冠，
當一年五季的第十三月，天堂是在下面。
而我們爲去年的燈蛾立碑。我們活着。
我們用鐵絲網煮熟麥子。我們活着。
穿過廣告牌悲哀的韻律，穿過水門汀骯髒的陰影，
穿過從肋骨的牢獄中釋放的靈魂，
哈里路亞！我們活着。走路、咳嗽、辯論，
厚着臉皮佔地球的一部分。
沒有甚麼現在正在死去，
今天的雲抄襲昨天的雲。

在三月我聽到櫻桃的吆喝。
很多舌頭，搖出了春天的墮落。而青蠅在啃她的臉，
旗袍叉從某種小腿間擺蕩；且渴望人去讀她，
去進入她體內工作。而除了死與這個，
沒有甚麼是一定的。生存是風，生存是打穀場的聲音，
生存是，向她們——愛被人膈肢的——
倒出整個夏季的慾望。

在夜晚牀在各處深深陷落。一種走在碎玻璃上
害熱病的光底聲響。一種被逼迫的農具的盲亂的耕作。
一種桃色的肉之翻譯，一種用吻拼成的
可怖的言語；一種血與血的初識，一種火焰，一種疲倦！
一種猛力推開她的姿態
在夜晚，在那波里牀在各處陷落。

人活著和慾望間的關係

在我影子的盡頭坐着一個女人。她哭泣，
嬰兒在蛇莓子與虎耳草之間埋下……。
第二天我們又同去看雲、發笑、飲梅子汁，
在舞池中把賸下的人格跳盡。
哈里路亞！我仍活着。雙肩抬着頭，
抬着存在與不存在，
抬着一副穿褲子的臉。

下回不知輪到誰；許是教堂鼠，許是天色。
我們是遠遠地告別了久久痛恨的臍帶。
接吻掛在嘴上，宗教印在臉上，
我們背負着各人的棺蓋閒蕩！
而你是風、是鳥、是天色、是沒有出口的河。
是站起來的屍灰，是未埋葬的死。

沒有人把我們拔出地球以外去。閉上雙眼去看生活。

耶穌，你可聽見他腦中林莽茁長的喃喃之聲？
有人在甜菜田下面敲打，有人在桃金孃下……。
當一些顏面像蜥蜴般變色，激流怎能爲
倒影造像？當他們的眼珠黏在
歷史最黑的那幾頁上！

而你不是甚麼；
不是把手杖擊斷在時代的臉上，
不是把曙光纏在頭上跳舞的人。
在這沒有肩膀的城市，你底書第三天便會被搗爛再去作紙。
你以夜色洗臉，你同影子決鬥，
你吃遺產、吃妝奩、吃死者們小小的吶喊，
你從屋子裏走出來，又走進去，搓着手……
你不是甚麼。

要怎樣才能給跳蚤的腿子加大力量？

在喉管中注射音樂，令盲者飲盡輝芒！
把種籽播在掌心，雙乳間擠出月光，
——這層層疊疊圍你自轉的黑夜都有你一份，
妖嬈而美麗，她們是你的
一朵花、一壺酒、一牀調笑、一個日期。

這是深淵，在枕褥之間，輓聯般蒼白。
這是嫩臉蛋的姐兒們，這是窗，這是鏡，這是小小的粉盒。
這是笑，這是血，這是待人解開的絲帶！
那一夜壁上的瑪麗亞像賸下一個空框，她逃走，
找忘川的水去洗滌她聽到的羞辱。
而這是老故事，像走馬燈；官能，官能，官能！
當早晨我挽着滿籃子的罪惡沿街叫賣，
太陽刺麥芒在我眼中。
哈里路亞！我仍活着。
　工作，散步，向壞人致敬，微笑和不朽。

爲生存而生存，爲看雲而看雲，
厚着臉皮佔地球的一部分……
在剛果河邊一輛雪橇停在那裏；
沒有人知道它爲何滑得那樣遠，
沒人知道的一輛雪橇停在那裏。

今天的雲抄襲昨天的雲

你不是你該在
的地方，你不是在
過你應過的生活

楚戈

一九三二—

榕樹

榕樹是一種奇怪的植物，因爲沒有什麼用處，而享有很多自由；也因爲擁有很多自由便變成沒有什麼用處。你不能期望榕樹會成爲什麼樣子，它斜向的椏枝，也不會永遠是椏枝，椏枝上垂拂着一綹一綹的鬍鬚，若是垂到了地，只要其中一根觸及了泥土，那飄忽的思想，就變成了邏輯。它會壯大成新的枝幹，看來像駱駝的高足一般。

實際上手並不僅只是手、足也不僅只是足、鬍鬚也不一定就是鬍鬚的榕樹，它唯一的意念就是要用各種方式抓緊漂浮在空中的大地。

榕樹因爲享有太多的自由，所以它對別人就沒有什麼一定的用處。

紙錠之逝

溪流的小提琴
心的低音號
合奏着一闋寂寞

看天風趕一羣雲
在眾山之間放牧
就像自然聚攏一些思緒
使之成爲語句

不知道獨坐溪旁的我
是不是誰偶然想起了的一個影像
若是有人瞥見
便成爲山水的點景

從外面看起來
萬物都是一些形象
而心之內裏各有各的慾望

那天　在青空下燒了一堆紙錠
並不是爲了祭念
只是想看飛揚的燃燼
怎樣脫離形閉
一下進入成、住、壞、空的境地

碧果

——一九三二——

拜燈之物

一品深綠
靜止。一芽騷動已枯。
（這條小街無人。）
如青煙遁出你的雙眸
長髮之呼吸起自一朶白花之中
嫩蕊在輕敲着那條小街的春夜

泉之繁殖之我乃泉之繁殖之泉
我欲向你索取一位由交錯而構成的時空
（這條小街無人。）

噢　是一裸浴的處女　　一種白色
　是一嘶吼着的月亮　　一種白色
　（這條小街無人。）

　是一翅拍動着的你們　　一種白色
　　我將被你們　　絞殺

（這條小街無人。）
如青煙遁出你的雙眸……

騷動　　一芽靜止已茁。
　　（這條小街無人。）

一品深綠

吞食自己的人

夏

手，毛茸茸的
終於由他自己的腦中　伸出
蟬的聒噪
就疾書而成。乃
向火問路的　風
相遇
一池蓮的
咕噥

春

黑色之瞳
呼吸於河之左右　乃
兩朵
桃花的　呢喃
乃
靠近焚燒的
語言中的
一張陌生的湍流
於汝清麗的
額上

冬

有人走開

又有人圍過來
看
一支盛酒的
空罌
向遠天
張開
乾涸的
嘴。

秋

椅子或者瓶子們
幕落不落
都會有新的房客來
（不是不容易）而是
不容易更易

一羣犀牛中的一隻不願爲犀牛的　也是
犀牛。
我說
落滿一地的
紅葉大爺們

鄭愁予

殘堡

—一九三二—

戍守的人已歸了，留下
邊地的殘堡
看得出，十九世紀的草原啊
如今，是沙丘一片……
怔忡而空曠的箭眼
掛過號角的鐵釘
被黃昏和望歸的靴子磨平的
戍樓的石梁啊

一切都老了
一切都抹上風沙的銹

百年前英雄繫馬的地方
百年前壯士磨劍的地方
這兒我黯然地卸了鞍
歷史的鎖啊沒有鑰匙
我的行囊也沒有劍
要一個鏗鏘的夢吧
趁月色，我傳下悲戚的「將軍令」
自琴弦……

俯拾

臺北盆地
像置於匣內的大提琴

鑲着綠玉……
裸着的觀音山
遙向大屯山強壯的臂彎
施着媚眼
向左再向南看過去
便是有着沉沉森林的
中央山脈的前襟了

基隆河谷像把聲音的鎖
陽光的金鑰匙不停地撥弄
在雲飛的地方
我也伸長我底冰斧
爲那七彩的虹弓綴一根弦
而這歇着的大提琴
卻是世間最智慧的詞令者
對着偶來的人，緘默——。

落帆

啊！何其幽靜的倒影與深沉的潭心
兩條動的大河，交擁地沉默在
我底，臨崖的窗下……
啊！何其零落的星語與晶澈的黃昏
何其清冷的月華啊
與我直落懸崖的清冷的眸子
以同樣如玉之身，共游於清冥之上。
這時，在竹林的彼岸
漁唱聲裏，一帆嘎然而落
啊，何其悠然地如雲之拭鏡
那光明的形象，畢竟是縹緲而逝
我乃脫下輕披的衣襟
向潭心擲去，擲去——

船長的獨步

月兒上了，船長，你向南走去
影子落在右方，你祇好看齊

七洋的風雨送一葉小帆歸泊
但哪兒是您底「我」呀
昔日的紅衫子已淡，昔日的笑聲不在
而今日的腰刀已成鈍錯了

一九五三，八月十五，基隆港的日記
熱帶的海面如鏡如冰
若非夜鳥翅聲的驚醒
船長，你必向北方的故鄉滑去……

鐘聲

七月來了，七月去了……
七月遺下我們。
八月來了，
八月臨去的時候
卻接走那個賣花的老頭兒……
於是，小教堂的鐘，
安詳地響起，
穿白衣歸家的牧師，
安詳地擦着汗，
我們默默地聽着，看着
安詳地等着……
終有一次鐘聲裏，
總有一個月份

也把我們靜靜地接了去……。

錯誤

我打江南走過
那等在季節裏的容顏如蓮花的開落

東風不來，三月的柳絮不飛
你底心如小小的寂寞的城
恰若青石的街道向晚
跫音不響，三月的春帷不揭
你底心是小小的窗扉緊掩

我達達的馬蹄是美麗的錯誤
我不是歸人，是個過客……

賦別

這次我離開你，是風，是雨，是夜晚；
你笑了笑，我擺一擺手
一條寂寞的路便展向兩頭了。
念此際你已回到濱河的家居，
想你在梳理長髮或是整理濕了的外衣，
而我風雨的歸程還正長；
山退得很遠，平蕪拓得更大，
哎，這世界，怕黑暗已眞的成形了……

你說，你眞傻，多像那放風箏的孩子
本不該縛它又放它
風箏去了，留一線斷了的錯誤：
書太厚了，本不該掀開扉頁的；

沙灘太長，本不該走出足印的；
雲出自岫谷，泉水滴自石隙，
一切都開始了，而海洋在何處？
「獨木橋」的初遇已成往事了，
如今又已是廣闊的草原了，
我已失去扶持你專寵的權利；
紅與白揉藍於晚天，錯得多美麗，
而我不錯入金果的園林，
卻誤入維特的墓地……

這次我離開你，便不再想見你了，
念此際你已靜靜入睡。
留我們未完的一切，留給這世界，
這世界，我仍體切地踏着，
而已是你底夢境了……

清明

我醉着，靜的夜，流於我體內
容我掩耳之際，那奧祕在我體內回響
有花香，沁出我的肌膚
這是至美的一霎，我接受膜拜
接受千家飛幡的祭典

星辰成串地下垂，激起唇間的溢酒
霧凝着，冷若祈禱的眸子
許多許多眸子，在我的髮上流瞬
我要回歸，梳理滿身滿身的植物
我已回歸，我本是仰臥的青山一列

情婦

在一青石的小城，住着我的情婦
而我甚麼也不留給她
祇有一畦金線菊，和一個高高的窗口
或許，透一點長空的寂寥進來
或許……而金線菊是善等待的
我想，寂寥與等待，對婦人是好的。

所以，我去，總穿一襲藍衫子
我要她感覺，那是季節，或
候鳥的來臨
因我不是常常回家的那種人

窗外的女奴

方窗

這小小的一方夜空，寶一樣藍的，有着東方光澤的，使我成爲波斯人了。當綴作我底冠飾之前，曾爲那些女奴拭過，遂教我有了埋起它的意念。祇要闔攏我底睫毛，它便被埋起了。它會是墓宮中藍幽幽的甬道，我便携着女奴們，一步一個吻地走出來。

圓窗

這小小的一環晴空，是澆了磁的，盤子似的老是盛着那麼一塊雲。獨餐的愛好，已是少年時的事了。哎！我卻盼望着夜晚來；夜晚來，空杯便有酒，盤子中出現的那些……那些不愛走動的女奴們總是痴肥的。

卍字窗

我是面南的神，裸着的臂用紗樣的黑夜纏繞。於是，垂在腕上的星星是我的女奴。
神的女奴，是有名字的。取一個，忘一個，有時會呼錯。有時，把她們攬在窗的四肢內，讓她們轉，風車樣地去說爭風的話。

最後的春闈

今晨又是春寒，林木悄悄
一鷹在細雨中抖翼斜飛
置書笈在肩上的書生，收拾遠行
仰望着，一天西移的雲雨
此去將入最後的春闈，啊，最後的一次
離別十年的荆窗，欲贏歸眩目的朱楣
畢竟是別離的日子，空的酒杯
或已傾出來日的宿題，啊，書生

你第一筆觸的輕墨將潤出甚麼？
是青青的苔色？那卷上，抑是迢迢的功名？

今晨又是春寒，林木寂寂
一鷹在細雨中抖翼盤旋
置書笈在肩上的書生，竚足路上
被阻於參差的白幡與車馬
啊，赴闈的書生，何事驚住了你？
那祇是落葬的行列，祇是聲色的冥滅
豈因這行列竟如一陣風
使榮華的沉落，會發爲生者的寒噤

西移的雲雨停歇，杯酒盈盈
荆扉茅簷，春寒輕輕地蹭過
卸下書笈的書生，呵手而笑：

喜我頓悟於往日的痴迷，從此，啊，從此
反覆地，反覆地，哼一闋田園的小曲

厝骨塔

幽靈們靜坐於無疊蓆的冥塔的小室內
當春風搖響鐵馬時
幽靈們默扶着小拱窗瀏覽野寺的風光

我和我的戰伴也在着，擠在眾多的安息者之間
也瀏覽着，而且回想最後一役的時節

窗下是熟習的掃葉老僧走過去
依舊是這三個樵夫也走過去了
啊，我的成了年的兒子竟是今日的遊客呢
他穿着染了色的我的舊軍衣，他指點着

與學科學的女友爭論一撮骨灰在夜間能燃燒多久

小站之站

——有贈

兩列車相遇於一小站，是夜央後四時
兩列車的兩列小窗有許多是對着的
偶有人落下百葉扉，辨不出這是哪一個所在
這是一個小站……

會不會有兩個人同落小窗相對
啊，竟是久違的童侶
在同向黎明而反向的路上碰到了
但是，風雨隔絕的十二月，臘末的夜寒深重
而且，這年代一如旅人的夢是無驚喜的

浪子麻沁

雪溶後　花香流過司介欄溪的森林
沿着長長的狹谷　成團的白雲壅着
獵人結伴攀向司馬達克去
採菇者領着赤足的婦女
在高寒的賽蘭酒　起一叢篝火

修好所有的籬　結新的筏
起得早早的小姑娘　在水邊洗日頭
少年的泰耶魯唱出冬藏的歌
而卻不見了　那着人議論的
那浪子麻沁

他去年當兵　今年自城市來

眼中便閃着落漠的神色
孤獨　不上教堂　常在森林中徜徉
當果樹剪枝的時候
他在露草中睡着
偶爾　在部落中賒酒　向族人寒暄
向姑娘們瞅兩眼

三月的司介欄溪，已有涉渡的人
雪溶後柔軟的泥土　召來第一批遠方的登山客
浪子麻沁　該做嚮導了
該去磨亮他尺長的番刀了
該去挽盤他苧麻的繩索了
該聽見麻沁踏在石板上的
勻稱的腳步聲了

而獵人自多霧的司馬達克歸來

採菇者已乘微雨打好了槽
少年和姑娘們一齊搖着頭
哪兒有毓氻　那浪子毓氻
「哪兒去了那浪子毓氻？」
面對着文明的登山人
全個部落都搖起頭顱

全個部落都搖起頭顱
無人識得攀頂雪峯的獨徑
除非浪子毓氻

　　　　　　除非浪子毓氻
無人能了解神的性情
亦無人能了解毓氻他自己
有的說　他又回城市當兵去了
有的說　雪溶以前他就獨登了雪峯
是否　春來流過森林的溪水日日夜夜

溶雪也溶了他
他那 他那着人議論的靈魂

邊界酒店

秋天的疆土，分界在同一個夕陽下
接壤處，默立些黃菊花
而他打遠道來，清醒着喝酒
窗外是異國

多想跨出去，一步卽成鄉愁
那美麗的鄉愁，伸手可觸及

或者，就飲醉了也好
（他是熱心的納稅人）

或者，將歌聲吐出
便不祇是立着像那雛菊
祇憑邊界立着

踏青即事

一

楊花撲騰
東風是眷國情深的
而舞入亂髮的楊花
是片片招安的告示麼？

白髮揮出是執節的手掌
生命是不投降的
異國的楊花
也恁地

多事了

二

敞衣的人多福了
榆錢紛然入懷

入懷的時候
像是春盡未盡
又像紛紛雨
落在舊城池裏
交攏兩臂的敞衣人
就是那城池把童年擁住
滿懷的榆錢
使鄉思也豐富了

三

徑隱
院蕪

籬散
簷曲

灶小餵得兩人
樹斜紅過三窗

泥細的
塘淺的
種蓮呢還是
任它恣意漫生些
菰蒲？

雨說

——爲生活在中國大地上的兒童而歌

（雨說：四月已在大地上等待久了……）

等待久了的田圃跟牧場
等待久了的魚塘和小溪
當田圃冷凍了一冬禁錮着種子
牧場枯黃失去牛羊的蹤跡
當魚塘寒淺留滯着游魚
小溪漸漸瘖啞歌不成調子
雨說，我來了，我來探訪四月的大地

我來了，我走得很輕，而且溫聲細語地
我的愛心像絲縷那樣把天地織在一起
我呼喚每一個孩子的乳名又甜又準

我來了，雷電不喧嚷，風也不擁擠
當我臨近的時候你們也許知悉了
可別打開油傘將我抗拒
別關起你的門窗，放下你的簾子
別忙着披簑衣，急着戴斗笠

雨說：我是到大地上來親近你們的
我是四月的客人帶來春的洗禮
爲什麼不揚起你的臉讓我親一親
爲什麼不跟着我走，踩着我腳步的拍子？

跟着我去踩田圃的泥土將潤如油膏
去看牧場就要抽發忍冬的新苗
繞着池塘跟跳躍的魚兒說聲好
去聽聽溪水練習新編的洗衣謠

雨說：我來了，我來的地方很遙遠
那兒山峯聳立，白雲滿天
我也曾是孩子和你們一樣地愛玩
可是，我是幸運的
我是在白雲的襁褓中笑着長大的

第一樣事兒，我要教你們勇敢地笑啊
君不見，柳條兒見了我笑彎了腰啊
石獅子見了我笑出了淚啊
小燕子見了我笑斜了翅膀啊
第二樣事，我還是要教你們勇敢地笑
那旗子見了我笑得嘩啦啦地響
只要旗子笑，春天的聲音就有了
只要你們笑，大地的希望就有了

雨說，我來了，我來了就不再回去
當你們自由地笑了，我就快樂地安息
有一天，你們吃着蘋果擦着嘴
要記着，你們嘴裏的那份甜呀，就是我祝福的心意

山鬼

山中有一女　日間在一商業會議擔任祕書
晚間便是鬼　着一襲白紗衣遊行在小徑上
想遇見一知心的少年　好透露致富的祕密給他
也好獻了身子　因爲是鬼
便不落甚麼痕跡

山中有一男　日間在一學校做美術敎員
晚間便是鬼　着一身法蘭絨固坐在小溪岸
因爲是鬼　他不想做甚麼

也不要碰到誰
兩個異樣心思的山鬼我每晚都看見
所以我高遠的窗口有燈火而不便燃
我知道他們不會成親這是自然的規矩
可是，要是他們相戀了……
一夕的恩愛不就正是那遊行的霧與不動的岩石

身爲雪客

紅葉疏落……秋雨秋雨十日七場
而北風一夜竟送來了
雪的邀請
便忙着整備寒裝，懼冬的妻子以及
寵冬的孩子們收拾嬉雪的

用具，我又把車餵飽……我們將向東北
投身爲客

被大雪連天接待，招呼
一路迎迓的笑意
疏林農舍變換立姿，說是陪侍而又不
盡然，還有些遠山
將天地的宿緣弄成曖昧的新歡

而我心中卻猶疑着，等臨到家鄉一樣的雪原
無路……亦不忍踏破初雪的嫩膚
又如何用「貞美」這樣的新辭釋說古老的「情怯」？
哎，孩子們！

寧馨如此

我洗罷盃盞　這一小會兒飯後安靜的滿足
像是讀歷史讀到天寶的時候
當轉身　驀見在客廳的立燈下
正危坐着一個唐代雍容的女子

她　會神地讀着信
立燈把全室的光亮聚集在
眉彎目垂的臉上　竟從一向古典的
精緻中　浮出暗香來　而
並未植梅　並未燃麝的四隅
忽又回響鈴鼓的樂聲
是來自一葉紙的折起　一葉紙的又展開
她　會神地讀着信

西窗還有些暗紫　正是夜遊
乘舟的好時刻　她　神思遙遠

成了千年水邊的麗人
而爲什麼竟在今夜　如此寧馨？

「哥哥從長安來信了！」
她神馳地告訴着　一面起座
衣帶飛天地探看東窗的外頭
是不是還有哥哥說的搗衣的月色？

辛鬱

一九三三—

盆景了的我

請不要祇給我
一勺水的喜悅
盆景了的我植在
這城的一角
多麼渴望有風自東南吹
揚葉如帆

一切的操作請暫時停止吧
叫賣聲請留在口腔

我請你們來靜靜的聽
風的步聲

請仰起你們的臉
看風起東南
雲湧長天
樹葉的綠波輕揚
送來了清香

有風自東南吹起麼
盆景了的我仰着臉
多渴望揚葉如帆

老兵的歌

聽不見叫痛的聲音

這日子
薄如日曆紙那麼輕輕一撕

炎炎熱流是一爐火
這坐落盆地的城市是一口爐
他走在大街上尋找
怎麼還不見樹葉落下
秋風中黃熟的喜悅
是他夢中的常客

走着走着這漢子
腳後拖着千斤的鉛塊
不！那重重心事尚未過磅
昨夜　他仍然無夢

在木屋的昨夜

一片灰沉沉的氣氛中
他又看見一張張扭曲的臉
這臉在回憶中一煮再煮
卻不能充饑解餓
比哭還鋒利
臉上隱隱的笑意是匕首
割着刺着他貧血的心

不記得早上吃些甚麼
也許是一張薄餅
他喜歡把夢見的甚麼
揉揉　搓搓
用一個執拗的念頭做擀麵棍
製成一張張薄餅

吃着吃着夢製的餅

伊嗬伊嗬唱起了無言的歌
現在他終於明白
他在尋找一個適於眺望的
方位

他望甚麼呢
不唱也罷

黃用 一九三六—

一片葉

風從天上來，吹去了水底的雲。
唉，多麼懶洋洋的一個晴日——
我想起你無力地按下微揚的裙裾，
低低哼起那支歌時。

當你低低地哼起那支歌時，
我舒開了一個思憶中的摺疊；
因爲我是多情而不懂得隱藏的，
如落在你窗前的一片葉。

世界

長年漂泊於回憶，
我已倦於世界的陳舊與廣大了。
任我垂首睡去吧，像秋日的穗粒
睡熟在一個永恆的金黃色的夢裏。

哎，世界有時卻也小得眞可愛。
傍晚時，我見他流浪人一樣地
以纖小之姿在窗下仰立着，
——爲了聽我唱一闋搖籃歌。

靜夜

靜夜的星空沉落在湖中——

噢，我站立的地方眞合適，
也可以仰摘，也可以俯拾
那些像是藍葡萄的果實。

讓我帶一筐星子回家，
釀一壺斑斕的夜送你。
請在無星的時節
注入你寂寞的杯裏——

然後告訴我，那是不是醇郁的
如風與月色的對語；
或者是淡泊的，
如我們偶然的相遇。

尋索

以這樣熟練的姿勢，我舉手
　想叩開沉寂
想像是敲擊堅實的門
可以聽見肯定的音響
外界又是誰在推一座旋轉門，
白的一片已經轉向別人跟前；
黃昏和秋天永遠只在猶豫；——
當眞的，我們總是喜歡無所知地
守候禾稻懸結起穗粒，守候着意義
然後猜度
說一切果子似乎就是用這方式成熟吧——
而且，一如待播的麥子
懷抱所有的想望
寧靜地注視那扇黑色的門朝我們移過來

憂鬱感覺

不能辨識這一切。
接合起來的鐵皮上放置一堆釘子
以及放置着有齒的廢件。
我想我是在安排一個殘殺
一如聚眾蛇於一窟

但那是堅硬且渾然一體的
疊砌，又疊砌
然後浮動，然而
它們不是船舶
甚至也沒有音響

變奏

一

那是一些根鬚
纏夾而且遍佈
於我體中的黑色。

我是慵慵的
易於腐朽的
在這夏日。在這夏日
我親手植下的毒藤
那樣地可親

二

假若我發愁。
假若在眩目的陽光中，端祥
一個新剪了短髮的女子。
假若在人羣中趕路。
我原只是一堆無趣的瑣事
一陣無端的顫動
我如此不快地分解着自己
又將諸多殘片，因爲別人而重綴
並且同樣地不快。

三

你只爲若干齒痕般的輪轍
你只爲若干錯綜的街道
但你不通往何處。
在風止的午後
我恆執着你底脈搏如一束冷卻中的囂騷

四

就在你傲慢的寬容裏
就在你賤價的優越裏
就在你豪華的無知裏
我親手植下的毒藤啊
如此地可親

方旗

一九三七——

詩品

烏几吹藜
愁坐一宇宙的冷落
紅泥小爐閒煮忘川之水
寒夜挑燈苦讀詩品序
花落如雨，人淡如菊

一個分離一個永別
天涯遠處似有牽掛
像是昨日的相濡以沫

復如今夕的相忘於江湖
一個眞醉一個佯狂
悠然悟徹涅槃時
尙在你的三十三天
害我的四百四病

戒指

你問起我左手上戒指的故事
我說忘了　叫醒頭頂上的春燈
點亮一個清清楚楚的耶穌
見證着你底青色衣裳以及夜
為了某日某事我戴上
而其煙色的歷程已在廻流裏沉埋
於是你靜靜地笑了

啊，就是這臨流自鑑的古典，我曾經見過
棕髮的徐緩調長長鋪寫在水面
但那水仙是開落在如何的容顏
在如何的杏花春雨裏
我已忘卻

黃昏雨

廣告牌的斷句，在暮色漶漫的殘碑上
行人靈肉俱潮，仰臉不解句讀
有如濕土的藻菌　六點鐘
樓房堆砌灣式海岸
船歌滲透松香的慵懶
回聲演化女僧的呢喃
船頭的美女首突破野蠻的棕霧
逝去的青春回來喲

又行將溶入街前街後的黃昏雨：
　當你從我霧眼車的窗玻璃消逝
　突然又爲後來的黃色車燈點亮

海上

海上黃昏，雲族的牛羊不能棲止
　他們水質的足蹄不能棲止在
　　不堪棲止的青青海原
　海上黃昏不堪棲止

守護神

城有城的橋有橋的各人有各人的
守護神，懸離在頭頂三尺之處

昏燈下，我們圍着圓桌坐下來
守護着我們的諸神也環坐傾談吧

大哭

在我眼睛深處，你可以看到一場火災
黑夜枯萎如葉，殃及大地深遠的城
以及無辜的常綠樹，且熊熊向星雲延燒
你即是那自燃的，引火在我眼中的焚木

冬防

汝其知否燈火管制宵禁開始
汝其知否我使眼睛閉攏雨聲停止
汝其知否神在壁上呵氣取暖
汝其知否每張牀上昇起愛情的旗

汝其知否枕是擺向夢的渡船
汝其知否我的夢如一牀舊被遮蓋你

構成

櫥櫃的底層髮束詩集枯黃的詩稿節目單
和票根以及一枚黯然發光的銀幣雜亂
若我的頭腦空洞似你們的宇宙
　　音樂廳似
巨獸的腹穴花籃與燈語黑的鋼琴在臺上
白的衣裳在右側他取銀幣自卜決定是否
應該走過去在很久以後她偶然翻閱引力
發現夾在書中的一首小詩火災才知那夜
他奇怪的眼色就是那個許拜維艾爾曾經
出借其法國人的眼睛若望遠鏡讓他們在
同一的窗口觀看天宇深處的平地城這些

已足够是一個故事倘若再加上離別前夕
　她剪贈的髮束就更加完整了
　　就是這樣嗎
為什麼不是呢
　十七歲茶與同情的年齡在
生日的清晨剪下一束黑髮留念而為了她
的生日搜遍市肆在那貴族風的舊書店發
現一卷引力卻因膽怯不敢寄贈只能在課
堂上偷偷寫詩間接知道她學鋼琴冒險郵
寄一張音樂票當韻律自洞穴的深處傳來
看着身側的空位忽然極不甘心散場之後
就近取起電話筒卻遲遲不能投下銀幣還
記得那紅色的電話亭在黃燈下像是神龕
可以容納一片禱告一片恩寵

白萩

一九三七—

流浪者

望着遠方的雲的一株絲杉
望着雲的一株絲杉
一株絲杉
絲杉
在地平線

上

一株絲杉

在　地　平　線　上

他的影子，細小。他的影子，細小

他已忘卻了他的名字。忘卻了他的名字。祇

站着。　　　　　祇站着。孤獨

地站着。站着。站着

站着

向東方。

孤單的一株絲杉。

昨夜

昨夜來去的那一個人，昨夜
述說着秋風的淒苦的
那一個人，昨夜
以水波中的
月光向我
微笑的
那人
以落葉
的腳步走過
我心裏的那一個人
昨夜用貓的溫暖給我愉快的
那人

唉，昨夜來去的那一個人，昨夜
的雲，昨夜來去的那一個人。

昔日的

於是你開始失蹤。開始
於大黑暗的摸索
開始返回那深邃的甬道
沐浴天窗散入的光輝

你熟悉那些，就如
昨日之吻，仍溫暖的留在唇上

你感覺那樣貼近自己，那樣
明晰於鏡前的影子

於是你突然醒來，回顧
就像我現在移過里爾克的詩上——
望着夕陽鍍紅的山巔
那樣高仰，那樣逼視
那樣地存着無法跨過的距離

雨 夜

當雨傾瀉似流浪的人
走遍黑暗中不知所去的街道
我們躺下，在屋內，在牀上
在深深陷入猶如墓穴之中
靜聽它們低低的呼喊

在這裏我們眼光對着眼光
軀體糾纏着軀體，在牀上

以赤裸和壓力
彼此深深的祈求進入內部之中。
而當因疲倦而分開
便突然又驚覺
整個太平洋冷漠的跨在我們
中間，充滿無奈與陌生

唉，走遍黑暗中不知所去的街道
當雨傾瀉似流浪的人

病了的

聽見嚼咀的聲音
確實聽見口器的鋒利
（一條毛蟲正伏在妳的身上）
爬行，張牙，咬啃

無法抗拒的妳，任憑
一條毛蟲在身上殘暴
無法救助的我，任憑
一條毛蟲凌辱着妳

在病了的秋空下
枝幹上並蒂着二枚葉子
一條毛蟲正嚼啃着一葉
一葉空自焦急
無法救助
無法捨身代替

這是我管不了的事

與你共守着一張牀

偶爾卻悄悄地闖妳在夢外
這是上帝也管不了的事
接吻，做愛，而後是疲憊

（可是，抱歉得很，她不是你，抱歉）

這是妳之前的創口
總會偶爾抽痛抽痛
活在這短短的新美街
我已獻給妳長長的一生
這是我也管不了的事
吐吐痰，喘喘氣
擤一把鼻涕

想着在遠遠的城鎮
她已活在陌生人的懷裏……

雁

我們仍然活着。仍然要飛行
在無邊際的天空
地平線長久在遠處退縮地引逗着我們
活着。不斷地追逐
感覺它已接近而抬眼還是那麼遠離

天空還是我們祖先飛過的天空。
廣大虛無如一句不變的叮嚀
我們還是如祖先的翅膀。鼓在風上
繼續着一個意志陷入一個不完的魘夢
在黑色的大地與
奧藍而沒有底部的天空之間

前途祇是一條地平線
逗引着我們
我們將緩緩地在追逐中死去，死去如
夕陽不知覺的冷去。仍然要飛行
繼續懸空在無際涯的中間孤獨如風中的一葉

而冷冷的雲翳
冷冷地注視着我們。

貓

一

突有錦蛾被火烤燒的暴厲在心中迸開。一跳
而伏下來怒瞪着黑夜，
檻外的世界癱瘓如墳墓一無所覺

而確實有敵人在移動

雙眼搜索着以槍眼的機警專注
搜索着宇宙確如赤裸地躺在面前
一孔一毛，端視不遺

突然風驚起衝響門窗急速地逃逸。
尖利地以搏刺的一叫
抓向隱隱在地上滾動的時間的珠粒
繼而咪咪地暢舒的笑起來……

二

醒來便如海底的巖穴開向萬潯的黑潮
感覺世界如此之遠，無法懷抱
如一朵黃菊可瓣瓣撕裂的新娘

沿着月中層層的檻影望出這層密遮
舞者之姿的黑珊瑚。
而發覺靜默中的我是被瘋狂的海浪所包圍的
地殼中一顆火熱堅定的心

而世界你在那裏？
我時計的雙眼無法洞視

三

迎接着黑暗猶如喜悅着寢房
蜷伏在內裏有果核在肉汁中的舒泰
啊黑夜，你是世界最深沉的本質
你是精神之源的肉體你是心臟。而我是
你肉裏的細胞。蹲伏在中心之處
觀測着利刃在遮飾之下氾着毒藍。

四

闇穴的天空無依的星是我孤獨的照耀
在這暗房的世界我的內部亦有暗房
沒有腳步叩響其間
啊世界？我們誰是眞實？

瞪着雙眼在照亮你的邊際
而誰可在內部照亮着我？
在你的內部我啼叫着
而誰可在內部呼喚着我？

闇穴的天空無依的星是我孤獨的照耀
啊世界，我們誰是眞實？

五

腦中緩緩的昇起了一座落雪的山峯
刺入低垂的天空伸向幽茫。
而祇是傍依着爐火焚化日子的葉屍
明天，明天還擠在黑夜的背後
暴怒地喧嚷着

且讓我們睡下來兩個乳房般地
不安靜地等待着摸撫

六

靜默以一棵樹的形象
立在世界的核心以千萬醒覺的枝葉伸開
在宇宙的肺內構成肺脈
收集生命在暗夜中鼓動的一呼一吸

世界呵，通過這至誠的靜默

我輕易地觸知了你與你
同舟於時間的波浪之上

廣　場

所有的羣衆一哄而散了
　　　　　　　　回到牀上
去擁護有體香的女人

而銅像猶在堅持他的主義
對着無人的廣場
振臂高呼

只有風
頑皮地踢着葉子嘻嘻哈哈
在擦拭那些足跡

葉維廉

一九三七——

更漏子

高壓電的馬達寂然
圍牆外
一株塵樹
無聲地
落着很輕很輕的白花

深夜
加工區
空得

如
風
吹入巨大的銅管裏
月
駭然湧出
驚醒
單身宿舍閣樓上的
一羣灰鴿子
滴咕
滴咕
如
水塔上
若　斷若續的
滴　漏

聖·法蘭西斯哥

——一九六三

私生的天使
迭次鎮守着
堵隔海天的小陽春
風之蝙蝠
穿飛我們欲念的錐輪
許是昨夜許是今夜的橄欖石
自驚恐的幼瞳中裂碎
我們的血液結着蛛網
虞美人擠向教堂的頂架
當那微弱的色澤
填補了岡陵的虧缺
揮動一切來路去路的手

把黑夜
揉爲一個吵鬧的出口
鼕鼕的繁星蕩滌我們的睡眠
好比腰際永久掛着的
那勢將激發的氣流

　而衣物窸窣在汗毛間

鎮守不相容的海天
我們的欲念灌漑了許多夢以後
就停泊在你恆常的貿易港
聖・法蘭西斯哥
那私生的天使將把你的山川
迭次輸入自來水管與炮筒
我們的仇視既是一串銹了的環鍊
我們既是那固立的羣樹

小陽春有了私生的天使
欲念有了蝙蝠的錐輪
聖・法蘭西斯哥
你就以你日以繼夜地生長的肢幹
推開胸懷而見明日

戴天

一九三七—

京都十首

坐看青苔

所有的腳步
像雪那樣
溶了
一個眼色
　淡淡地
向這邊走來
只是說

坐

一　**蝴蝶**

莊周的蝴蝶夢醒了之後還是蝴蝶我也是蝴蝶你也是蝴蝶都從夢中醒來
翩翩飛入伊的眼中繁花滿眶
去採取
那
甜

鏡容池

就這麼
輕輕的一抹
風的手
使楊柳綠滴晶瑩
使荷花

牽着游魚
到
沒有塵埃的
世界去了

二條城所見

眼睛
走着馬燈
在遠待廊下
春春
夏夏

也從禿鷹那裏
看松老
雲閑
看虎步的山崖

覺得
一陣昏旋

聚光院

光
聚集在
碑石的額頭
所有死者
自林立的陰影
升起
一縷餘溫仍在的
煙
當生人遠去
青山背後
半空中就停着
沒有聲音的

聲音
一抹而去

旣白軒

旣白軒的曲徑
停在
桂花樹那裏
一朵朵
早就笑着
並且笑過的
花
從聲音那裏
借來了
整個喧嘩

天授庵

那時已經
沒有了
門

陰影
在琉璃瓦下
骷髏般的眼眶
在飛簷
右邊

只有那石砌
石砌的庭階
仍然鑲在
沒有門的
門前

月下門

月下門的雙扉
緊鎖着
松柏的蒼綠
而且推開了
外來的路

沒有人知道
那裏來的足跡
深深地
在簷前
停過

開山堂

開山堂的前庭
犂着
許多方方圓圓
以及直馳而去的
圖形

那些小山
老得睜不開
青苔的眼睛
也不免
與一樣老的
松樹
爭論着方圓

這時直去的形象
已經在

無邊的暮靄裏

孤篷庵

想見了煙波
瀚渺
未晚：腳步
鷄鳴：眼睛
和一去無回的
飄飄的
浪子衣襟
以及
蘆葦蔽道中
幽幽的
神祕

石頭記

時間是一九六九年
地點是殖民地
人物是我
事件是
突然
我的心中
生長着
一塊石頭

那是一種
沒有黃昏的夜
那是一種
不得不煞車的
決定
那是一粒砂
不在

眼睛裏

對於種子
人們最怕的
就是死
對於夢
是醒
對於石頭
是不斷的
生長

假如瞳孔裏
有泰山
那些蒼翠
那些雄偉
在刹那之間

都只不過
是一粒
翠玉的球
假如血管裏
潛伏着
大江
啊，黃河鯉長江鯽
都停止了
遨遊
都凍在
那裏
於是葉脈一樣的
手
被一隻小蟲

饕食
於是聲音
陌生得
像隔着河流的
吶喊

有一個小孩
走來
吐一口痰
在我
臉上
並且說：
「我從沒見過
這麼醜的石像」

藍衣姑娘

姑娘裁了一方
天青
把秋空的爽朗
穿在身上

她還撐着
碎花傘
在古舊的牆角
鬧一點兒自由化

姑娘走到故宮
有一點兒現代了
怕不有人皺眉
要修飾一下矛盾

西西

一九三八—

十四行

許久沒有讀我的詩了，你說
是因爲我沒有寫，寫了
又怎樣呢
如果有些甚麼我能夠掌握
那也只是文字
既然你喜歡
我就把心事化作協調的十四行
你是起興，我承接
你舞蹈其中

凝定，然後轉變
如果我眞的相信文字
陳套的完滿，唉唉
我可也不能相信人生的末結
竟會是訝異的團圓

咳嗽的同志

他指着
牆上的示意圖，給我們講
龍骨的故事
河的南岸
是龍喝酒的殿堂
北岸，是龍睡覺的地方
龍的名字
分甲乙丙丁

在一份述龍的期刊上
我見過他的名字
他本人很瘦
說話的聲音很輕，不時
咳嗽
在場的同志
爲我們引見，代他致歉
近來他的身體不大好
引見的同志，穿膠鞋
他穿布鞋
他們都穿白襯衫
客舍飯堂碰過頭的那批
藥材商
也到這裏來打了個轉

並且打了呵欠、抹汗
到外面去呼吸新鮮空氣了
咳嗽的同志，站起來
和他們的領隊握手

——龍骨
是這裏的特產
光緒年間，一個銅錢
買一斤——
我打開筆記本子
記下這個故事
聽不清楚的時候
我就問：是龍用羌嗎
當他咳嗽
我就寫：他咳嗽了

我們進入標本室
又有一批人進來
塡滿我們微溫的座位
有人努力揮扇、有人
狩獵桌面的火柴
咳嗽的同志，站起來
和他們的領隊握手

攝氏四十度的那個下午
我看見了龍骨，以及
龍的酒杯、龍的環珮
以及，咳嗽的同志
坐在長桌的一端
不停地抽煙
他實在瘦
瘦得露出了不少骨頭

奏摺

恭請
萬歲萬安
硃批
朕安
江南時節暖和
菜葉茂盛
百姓樂業　謹奏以
聞　蘇揚正二月
晴雨册　恭呈
御覽
硃批　是
恭進端午

龍袍　特請
皇上大安
外有清玩小件數種
恭進
聖閱
硃批　所進之物
比往年強遠了

竊鎭江丹陽境內
忽有飛蝗　米價騰
貴　民以艱食爲慮
謹奏
硃批　知道了

恭請
皇上聖安

所有新出枇杷菓
理合恭進　再
湖筆鼻煙壺
烏食罐　一併進
呈　伏惟
睿鑒
硃批　好
留下了

切聞臺州燕海塢處
海盜炮攻起事
擄掠居民　抗拒
官兵　又淮安近海各場
連日風雨
海潮漫漲　防堤
衝決　合併具摺

奏聞
硃批 知道了
查濟南山東等處流棍
興販私鹽 太倉
北門 出現大夥強賊
布帛裹頭
豎旗
聚集
外有飢民數百依附
以無所衣食
相煽爲盜 入
州城劫庫 合併奏
聞
硃批
知道了

恭請
皇上萬安
丹桂十二盆
卽從水路北行　遵
旨押送熱河　伏乞
聖鑒
硃批
朕今大安
七月盡間
卽哨鹿起身

塞外

鳥隻　拍翼
飛到這裏　找不到

棲息的　林木
河道　流到這裏
　　　迷失
這裏是　礫石的故鄉
浩瀚千里　無垠的大漠
把我　留下來
我怎樣　穿逾
　　　我沒有
羅盤　沒有能力
觀星　在烈日下
在　風沙中
　　　誰爲我
前導　誰的手
爲我指引
駱駝啊　我沒有駱駝
水囊啊　我沒有水囊

彩虹　如此
璨麗　難道
彩虹　能載我
飛渡　謙卑地

坐在火車裏　看
這　殘破古舊的
交通工具　在戈壁灘上
奔跑　是這
容顏樸素的　列車
踏着　堅定
沉穩的步伐　叫我
相信　前面
必定有
綠洲

林 泠

一九三八——

不繫之舟

沒有甚麼使我停留
——除了目的
縱然岸旁有玫瑰，有綠蔭，有寧靜的港灣
我是不繫之舟

也許有一天
太空的遨遊使我疲倦
在一個五月燃着火焰的黃昏
我醒了

海也醒了
人間與我又重新有了關聯
我將悄悄自無涯返回有涯，然後
再悄悄離去

啊，也許有一天——
意志是我，不繫之舟是我
縱然沒有智慧
沒有繩索和帆桅

阡陌

你是縱的，我是橫的
你我平分了天體的四個方位
我們從來的地方來，打這兒經過

相遇。我們畢竟相遇
在這兒，四周是注滿了水的田隴

有一隻鷺鷥停落，悄悄小立
而我們寧靜地寒暄，道着再見
以沉默相約，攀過那遠遠的兩個山頭遙望

（——一片純白的羽毛輕輕落下來——）

當一片羽毛落下，啊，那時
我們都希望——假如幸福也像一隻白鳥——
它會悄悄下落。是的，我們希望
縱然它是長着翅膀……

菩提樹

是我使它蒼老的，那株菩提。
我刻上十字，要自己記住
每一個，是一次回顧。

小徑的青苔像銹，生在古老的劍鞘上；
卻被我往復的足跡拂去，如拂去塵埃。
阿波羅已道別，他在忙碌地收拾
那樹隙間漏下的小圓暉。
一切都向後退卻，哎，
這兒的空曠展得多大呀，
它們都害怕我，
說我孤獨。

我慢慢向菩提樹走近。
那蔭影已被黑暗撤去了，
我背倚樹身站立，感覺地一般的堅實和力。

（太空正流過一隻歌——好長的曲調啊！）

我在想，該怎樣結束一個期待呢？
我抽出刀，閉上眼睛，徐徐刮去那些十字……

夜譚

輪到我的故事了，戀的故事
（戀是謝幕的歌者，隱去
　在悠悠地結束那支郎與曲後）
這時，我祇扯下燈罩的流蘇，打着
一個奇怪的結……

他們搜索我的眼，那些浪蕩的夥伴們，時而默想
　時而撤離，向我們窗外七月的星空

一如清晨擣衣的女子，戚然地離開夜雨後的井湄
（沒有人想起世界上還有第二支燭）

這時那大嘴的掘墓人哭了，油然地憶起鮮牛奶的往日
我們的門牆也倚斜了，被阿拉伯歸來的販馬者
而斷了腿的那軍曹，偶然想起一次未完的戰役
便取下城堡的槍，向昏濛的月亮射擊……

微悟

——爲一個賭徒而寫

在你的胸臆，蒙的卡羅的夜啊
我愛的那人正烤着火

他拾來的松枝不够燃燒，蒙的卡羅的夜
他要去了我的髮

我的脊骨……

未竟之渡

你張望甚麼，你迎風立在船頭
操舟的漢子底　示意的神色？
十二月的港漲潮在午夜，
啊！你！　你該注意
我們渡船的兩盞紅綠燈在移近，
　　你該注意
我們渡船的方向在轉變……

你是憂戚這未竟之渡麼？
你是張望未來的風暴麼？
我們遠離的淺水碼頭，那兒正燈火輝煌。
我們已遠離了的——航程裏的一切啊

而我不懂你的憂戚。

南方啊！

——贈孝楣

南方啊，果眞如那少年所說的
太陽的碎屑，撒在
路旁高大的鳳凰木上

錦葵花沿濁水溪戲着
那溪，圍着籬內小小的村落臥着
南方的人都是不羈的畫者
他們的顏彩隨處堆着，他們的
溫暖的手，總是熔開自然冷澀的筆觸

在南方

我愛穿灰色的衣裳，漠然地
（聚所有的寂寥）
在港邊張望。我愛聽
那笑聲驟然的停止，白衣移動的
迅急——哦，不
在南方，我愛看
那陰影淺度的交錯，一枝
在贈予和婉卻中萎謝的
映山紅

清晨的訪客

多年不明下落的
　我底少年，驟然
　　閃現
在我的門前

清晨。遲退的月在謝幕
　那是多天

他看來多瘦
　衣衫敝舊
頰上的灼痕，約莫是
　黯淡了些；輕輕地，他說
這回祇是路過，不能久留
　可以喝一杯，若是有
薑湯，或苦艾酒

多天。遲退的月已隱逝
　我蕭然如小劇場的
前院
　我的少年——他使我流淚——
輕輕地，他說，他無意依皈

這次的回返，祇是
背叛前一次的背叛

南行過大草原

——變奏

一

列車以二十一節分載
過重的離

在羣湖的故居，那是
無意於歸隱的
百雛；無意於蘆荻
和魚族們的干戈，穿刋——

以執刀人恆有的冷漠。
而芻蕘萋萋滿原
秋收後的空莖，便盛一些
驚悸，旅人的迷離
便調製出
　脈底
　暗藍

暗藍的脈，是靜的循環
它縈繞陸地
而式微；在不可測的盡端
　　不可測的——
當靈魂驚訝地觸及
　　肌體
當暗藍的脈，在離心
　或向心的爭議中廻旋

它是，啊，那永不出海的
艱辛的蜿蜒

二

急遽隱退着
是黑鷹族的舊邸，荷蘭
多角邊的農舍
以雨的浸漬，寫舟艫的記憶。
而風車間歇，已不再——
不再堅持時序
祇怠倦地磨出，一些粗糲的古典
這高速運行的第四度
便輕易地
扭曲了我們星球的渾圓
扭曲了的空間，是旋轉

旋轉如錐的……
銳利的南，聚集
焦灼和企望在尖端
而北方，已告別了的北方
仍絕望地捕捉
那散失於輪下的重量
以一份捨棄
一念空悵
一張禾苗織成的
疏漏的網……

方莘

一九三九—

練習曲

一

林達，你喜歡嗎
這叢水柳
這叢水柳的顏色

林達，這是漲水的溪流
這是春天，一些小小的渦漩
林達，如果以新篁作釣竿

太嫩，太短，而且沒有游魚
水很急，我將不涉渡
林達，不要偷偷飲泣
不要，不，林達
如果你喜歡
就把話語刻在青柯上

到多天，爐柵裏
火光將細細閱讀

是的，到多天
雪將落下來
雪將覆壓我們的眼臉
我們的足迹
我們將不再凝視

這叢水柳，葉落冰上

林達，你喜歡嗎
這叢水柳
這叢水柳的顏色

二

雪靜靜的落下來了
雪落在麻雀也不棲息的林子裏
是冬天了，林達

雪落在你濃濃的黑髮上
雪是你白白的手絹
落在我的肩上，靜靜的

你的笑聲是一籃甜甜的栗子
撒在我每天去汲水的井旁
到明春，就會成林了吧

雪在你的裙子上抽紗，林達
你的眸子裏閃着亮亮的星星

我的影子呢
掉在你重重的睫蔭裏了，林達
怎麼淨站着不動呢

快把我堆成一個雪人，胖胖的
林達，把你也堆成一個吧

雪是最最可愛的淡漠

是的，林達，到明春
雪會把我們融化
記憶也會融化
我們就不再竝立

林達，當麻雀在井畔飲水
松鼠到哪去檢食栗子呢

三

不要點着小小的蠟燭，在園子裏
林達，也別提着燈籠來找我

免得驚醒了不會作夢的向日葵
而我，我正在屋頂上，藉着星光
抄寫一章無譜的音樂

也許你剛仔細地閱讀着，林達
就讓那些鑽石悄悄沉落吧
現在，黑暗不亦是另一種光明
更寧靜，更無邊際的

夜，你如果覺得冷，林達
它正像是一張大大的毯子
慢慢地走上去吧，林達
不要說話

當十彩的喧嘩在緘默中沉沉睡去
讓星光蛀蝕着的夜空
將我們覆蓋

四

如果遺忘像一把傘，林達

不要摺起這和諧的淡漠

如果是在林子裏，在午前
櫻桃還青的時候，林達
總會有鳥聲如洗，滴瀝而下

而陽光正暖，微風似絨
不要摺起這和諧的淡漠，林達

如果遺忘像一把傘，薄薄的
不要冒着雨去放紙船
在百合叢生的河岸，淺流激湍

有細細的異聲將擊打你髮，林達
看它們隨波廻轉，一一沉沒

再沒有人，甚至是濛濛的雨
會有這樣小小，小小的手
別讓它搔着了你，林達

如果遺忘像一把傘
就讓它乘風而去吧

當你赤足奔跑，在沙灘上
海，正升起千噚的狂喜
迎你而來

張健

一九三九—

畫中的霧季

我在你的影子裏悄悄的簽個名
就成了一幅畫
掛在我左邊的心室裏

每當教堂的鐘聲響起
壁上便傳出你的吟哦
好像說：多悠長的一日呵

我走入畫裏

爲你默唸哲人的話語。
縷縷微笑溢出
五月遂成了霧季……

星子的呼吸

在銀杉與芙蓉之間
你是那昇躍的星
在龍華與向日葵之間
我是一方沉思的古石
讓星光把我擊出回聲
奏響窗外的數峯青葱

我終於瞥見
你眸心深處的一滴預言——
阿坡羅在綠葉的纖維間

傾注他的溫暖
大雪山由它的右心室開始融溶
在聽得清星子呼吸的夜晚
你溶去了我的創傷，我的鬚髮

註：彌勒菩薩下生此土，於龍華樹下成佛，見彌勒下生經。

光之浴

躺在無憂的陽光底下
像是曬暖一箱子的舊書
讓鳥聲滲入我的書頁
去年的鬱愁，請回歸泥土
捉也捉不住的季節
就此無心地在我頰上散步

風說一些故事，雲做一些舞姿
我的影子醞釀一次小小的復古

低喚一聲，投入酣眠在西半球的
一位友人的夢境。微笑一次
看蜜蜂懂不懂把它細細釀製

沒有一線光芒會來得太遲
沒有一個春天不醉壞了幾首小詩

一雁飛，羣雁飛
一段音樂落在鄰家的小池

楊牧

一九四〇——

脚步

陪我走入蟬聲，走入煩躁
昂首數匾上的馬匹
棗色的踢起塵埃
在水湄數他的年齡。沉睡者啊
你的雙手是巨蟒

他走過宮殿，如同漸移的日影
冉冉升上
來我盤膝的地方

那空白爲我遺留
爲昨日的我

昔日喝水的地方，你正站立
我偏首望你
青色的水瓢流去
旅人的唇流去
給我灰燼吧！給我喧嘩中的寂寞
未來的星月是念珠
你撥過一串，撥熄了尋我的燈火

北北西，美麗的瞭望者
走出森林，你聽到東方諸星的嗥號嗎？
月亮偏右，我們以快速渡河

水仙花

過去的星子在背後低喊着
我們不爲甚麼地爭執
躺下，在催眠曲裏
我細數它們墜落谷底，寂然化爲流螢
輕輕飄過我們星光花影的足踝

唉！這許是荒山野渡
而我們共楫一舟

順時間的長流悠悠滑下
不覺已過七洋
千載一夢，水波浩瀚
回首看你已是兩鬢星華的了

水仙在古希臘的典籍裏俯視自己
——今日的星子在背後低喊着
我們對坐在北窗下
曚曨傳閱發黃的信札

給時間

告訴我，甚麼叫遺忘
甚麼叫全然的遺忘——枯木鋪着
奄奄宇宙衰老的青苔
果子熟了，蒂落冥然的大地
在夏秋之交，爛在暗暗的陰影中
當兩季的蘊涵和紅豔
在一點掙脫的壓力下
突然化爲塵土

當花香埋入叢草，如星殞
鐘乳石沉沉垂下，接住上升的石筍
又如一個陌生者的腳步
穿過紅漆的圓門，穿過細雨
在噴水池畔凝住
而凝成一百座虛無的雕像
它就是遺忘，在你我的
雙眉間踩出深谷
如沒有回音的山林
擁抱着一個原始的憂慮
告訴我，甚麼叫做記憶
如你曾在死亡的甜蜜中迷失自己
甚麼叫記憶——如你熄去一盞燈
把自己埋葬在永恆的黑暗裏

延陵季子掛劍

我總是聽到這山岡沉沉的怨恨
最初的飄泊是蓄意的，怎能解釋
多少聚散的冷漠？罷了罷了！
我爲你瞑目起舞
水草的蕭瑟和新月的寒涼
異邦晚來的擣衣緊追着我的身影
嘲弄我荒廢的劍術。這手臂上
還有我遺忘的舊創呢
酒酣的時候才血紅
如江畔夕暮裏的花朵
你我曾在烈日下枯坐——
一對瀕危的荷芰：那是北遊前

最令我悲傷的夏的脅迫
也是江南女子纖弱的歌聲啊
以針的微痛和線的縫合
令我寶劍出鞘
立下南旋贈予的承諾……
誰知北地胭脂，齊魯衣冠
誦詩三百竟使我變成
一介遲遲不返的儒者！

誰知我封了劍（人們傳說
你就這樣念着念着
就這樣死了）只有簫的七孔
猶黑暗地訴說我中原以後的幻滅
在早年，弓馬刀劍本是
比辯論修辭更重要的課程
自從夫子在陳在蔡

子路暴死，子夏入魏
我們都栖遑地奔走於公侯的院宅
所以我封了劍，束了髮，誦詩三百
儼然一能言善道的儒者了……

呵呵儒者，儒者斷腕於你漸深的
墓林，此後非俠非儒
這寶劍的青光或將輝煌你我於
寂寞的秋夜
你死於懷人，我病爲漁樵
那疲倦的划槳人就是
曾經傲慢過，敦厚過的我

流螢

上

蜈蚣的毒液，荆棘的
蔭涼佈滿了退潮後的膚色
斷橋以東是攤開的黑髮
我僞裝成疲倦的歸人
打着雙槳
划進這個彷彿陌生的河灣

懷裏揣着破舊的星圖
今夜風大
葉密如許我還能窺見
酒菜完畢坐着飲茶的仇家

中

這橘花香的村子合當

焚落：煙霧要繞着古井
直到蛙鳴催響。我們從
灰燼上甦醒
鳥逸入雲。寂
靜

我的白骨已經風化成缺磷的窘態
雨前雨後，卻也
十分憂鬱十分想家。這時
總有一點螢火從廢園舊樓處流來
輕巧地，羞怯地
是我仇家的
獨生女吧，我誤殺的妻

下

故事是沒有結尾的故事

鐃鈸擊打着亡魂的
節日。桃樹照常生長
當我因磨刀出汗
山坡泛白，水爲沉舟而蕩漾
酒在壺底變酸，淚映照
好一隊隊候鳥遷徙於新降，熟悉的霜
我的悼祭者流落在外地
有的打鐵，有的賣藥

秋祭杜甫

我並不警覺，惟樹林外
隱隱滿地是江湖，嗚呼杜公
當劍南邛南罷兵窺伺

公至夔州，居有頃
遷赤甲，瀼西，東屯
還瀼西，歸夔。這是如何如何
飄蕩的生涯。一千二百年以前……
觀公孫大娘弟子舞劍器
放船出峽，下荊楚
嗚呼杜公，竟以寓卒

如今我廢然望江湖，惟樹林外
稍知秋已深，雨雲聚散
想公之車迹船痕，一千二百年
以前的江陵，公安，岳州，漢陽
秋歸不果，避亂耒陽
尋靈均之舊鄉，嗚呼杜公
詩人合當老死於斯，暴卒於斯
我如今仍以牛肉白酒置西向的

窗口，並朗誦一首新詩
嗚呼杜公，哀哉尚饗

熱蘭遮城

一

對方已經進入燠熱的蟬聲
自石級下仰視，危危闊葉樹
張開便是風的牀褥——
巨礮生銹。而我不知如何於
硝煙疾走的歷史中冷靜蹂躪
她那一襲藍花的新衣服

有一份粲然極令我欣喜
若歐洲的長劍斗膽挑破

巔倒的胸襟。我們拾級而上
鼓在軍中響，而當我
解開她那一排十二隻紐扣時
我發覺迎人的仍是熟悉
涼爽的乳房印證一顆痣
敵船在海面整隊
我們流汗避雨

二

敵船在積極預備拂曉的攻擊
我們流汗佈署防禦
兩隻枕頭築成一座礮臺
蟬聲漸漸消滅，亞熱帶的風
鼓盪成波動的牀褥
你本是來自他鄉的水獸
如此光滑如此潔淨

你的四肢比我們修長

你的口音彷彿也是清脆的
是女牆崩落時求救的呼喊
彷彿也是枯井的虛假
我俯身時總聽到你
空洞的回聲不斷

三

巨礮生銹，硝煙在
歷史的斷簡裏飛逝
而我撫弄你的腰身苦惱
這一排綠油油的闊葉樹又在
等候我躺下慢慢命名
自塔樓的位置視之

那是你傾斜的項鍊一串
每一顆珍珠是一次戰鬥
樹上佈滿火併的槍眼

動人的荷蘭在我硝煙的
懷抱裏滾動如風車

四

默默數着慢慢解開
那一襲新衣的十二隻紐扣
在熱蘭遮城，姐妹共穿
夏天易落的衣裳：風從海峽來
並且撩撥着掀開的蝴蝶領
我想發現的是一組香料羣島啊，誰知
迎面升起的仍然只是嗜血的有着
一種薄荷氣味的乳房。伊拉

福爾摩莎，我來了仰臥在
你涼快的牀褥上。伊拉
福爾摩莎，我自遠方來殖民
但我已屈服。伊拉
福爾摩莎。伊拉
福爾摩莎

青石上

我靜坐青石上，省視
內心縱橫曲折的河流
一朵黃花自樹巔飄下
沾我葛繻，乃滾落手腕
穿過兩指，竟停留
在我低溫的掌中
促我微笑學佛

我嗜酒使氣，和佛家
斷斷無緣。「況且，」我將
黃花納入懷中：「請看
我內心激越奔走的河流」

花在我胸口慄慄流血
抖索如迷失的煙霞
又充滿我的衣服，向我
腰腹和四肢滲透，窺探
我內心顯著的水文——
洶湧紊亂的河流。大霧
滿山川：「學仙何如？」
一語成秋

我幽憤讀史，賦詩刺人君

公侯以下及於世家小子
營營此身屬我有
學仙萬萬不可

霧散雲開，雨歇
我靜坐青石之上，省視
內心悠悠清明的河流
任憑黃花飄落
紛紛埋書劍
一坯土

從沙灘上回來

暮色從沙灘上回來
夏天在石礁羣中躲藏
在海洋中，夏天依然輕呼着

自己的名字。我不免思索
季節遞嬗的祕密，時間
停頓；歲月眞假的問題——
年代循環的創傷，而我
聽到伶人在雜沓上車
一些臨時演員在收拾道具：
歷史不容許血淚的故事重演
他們動人的戲必須告一段落
在天黑以前。這時我又聽到
兵營裏一支黃昏的號角
遠遠地蓋過了不安的海潮

霜夜作

'Tis calm, indeed, so calm, that it disturbs
And vexes meditation with its strange

And extreme silentness.

—Coleridge

像撥開重重的蘆葦稈，在夏天末尾
空氣裏飄着柴火穿過煙囪的香氣以淡漠
隨小風向我匍匐的低窪傳來，一種召喚
輕巧地展開又彷彿就在眼瞼裏外，是浮萍擁擠
當水塘上鼓盪片段緬懷的色彩，搖擺着
當孤單的長尾蜻蜓從正前方飛來飛來
猶豫抖動，盤旋於吸納了充分霞光的漣漪
並且試圖在穎豎的一根刺水芒草上小駐
點碎了粉末般的花蕊致使暮色折回那遽然
變化的時刻，我撥開重重的蘆葦稈當我
像撥開重重的蘆葦稈在那遙遠的夏天的末尾

我看到，一如香爐上最後熄滅的灰燼
在已然暗將下來的神龕前堅持着無聲的

吶喊，努力將那瞬息提升爲永恆的記憶
在我輕微的不安裏如蛾拍打透明的翼
窗外陸續吹響一些乾燥的闊葉，像心臟
在風裏轉動逡茫茫墜落空洞的庭院，陰涼
我看到夏天末尾一片光明在驚悸的水塘上
流連不去，閒散，低吟着漫長的古歌有意
將一切必然化爲偶然，在蛙鳴次第寂寞的時候
當蟋蟀全面佔領了童年的荒郊，當我撥開蘆葦稈
向前並且發現時光正在慢慢超越那夏天的末尾

春歌

那時，當殘雪紛紛從樹枝上跌落
我看到今年第一隻紅胸主教
躍過潮濕的陽臺——
像遠行歸來的良心犯

冷漠中透露堅毅表情
翅膀閃爍着南溫帶的光
他是宇宙至大論的見證
——這樣普通的值得相信的一個理論
每天都有人提到，在學前教育的
課堂上，浣衣婦人的閒話中，在
右派的講習班和左派沙龍裏
在兵士的恐懼以及期待
在情婦不斷重複的夢；是在
也是無所不在的宇宙至大論，他說
在地球的每一個角落每一分鐘
都有人反覆提起引述。總之
春天已經到來

他現在停止在我的山松盆景前
左右張望。屋頂上的殘雪

急速融解，並且大量向花牀傾瀉——
「比宇宙還大的可能說不定
是我的一顆心吧，」我挑戰地
注視那紅胸主教的短喙，敦厚，木訥
他的羽毛因爲南風長久的飛拂而刷亮
是這尷尬的季節裏
最可信賴的光明：「否則
你旅途中憑藉了甚麼嚮導？」

「我憑藉愛，」他說
忽然把這交談的層次提高
鼓動發光的翅膀，跳到去秋種植的
並熬忍過嚴冬且未曾死去的叢菊當中
「憑藉着愛的力量，一個普通的
觀念，一種實踐。愛是我們的嚮導」
他站在綠葉和斑斑點苔的溪石中間

抽象，遙遠，如一滴淚
在迅速轉暖的空氣裏飽滿地顫動
「愛是心的神明……」何況
春天已經來到

俯視

——立霧溪一九八三

For I have learned
To look on nature, not as in the hour
Of thoughtless youth; but hearing oftentimes
The still, sad music of humanity,
Nor harsh nor grating, though of ample power
To chasten and subdue…

—Wordsworth

假如這一次悉以你的觀點爲準

深沉的太虛幻象在千尺下反光
輕呼我的名字：仰望
你必然看到我正傾斜
我倖存之軀，前額因感動
泛發着微汗，兩臂因平衡和理性的
堅持。你是認識我的
雖然和高處的草木一樣
我的頭髮在許多風雨和霜雪以後——
不像高處的草木由繁榮渡向枯槁
已舉向歲月再生的團圓
——我的兩鬢已殘，卽使不比前世
邂逅分離那時刻斑白。你認識我
嚴峻之臉是爲了掩飾羞澀
這樣俯視着山河凝聚的因緣
浮雲是飛散的衣裳，泉水滑落成澗
太陽透過薄寒照亮你踞臥之姿

時常是不寧的，以斷崖的韡紋
磐石之色，充滿水份的蒹葭風采
提醒我如何跋涉長路
穿過拂逆和排斥
這樣靠近你
以最初的戀慕和燃燒的冷淡
彷彿不曾思想過的無情的心
向千尺下反光的太虛幻象
疾急飛落——
如蒼鷹
切過賁張的陰涼，感覺
即使每一度造訪
都揭去一層陌生的地衣
那曾經刻在太古的肌膚上的曾經是熟悉
即使我的精神因人間的動亂而猶疑
有時不免躊躇於狂喜和悲憫之間

每一度造訪都感覺那是
陌生而熟悉，接納我復埋怨着我的你
以千層磊磊之眼
以季節的鼻息
燕雀喧鳴，和出水之貝
我這樣靠近你，俯視激情的
回聲從甚麼方向傳來，輕呼
你的名字，你正仰望我倖存之軀
這樣傾斜下來，如亢龍
向千尺下反光的太虛幻象
疾急飛落，依約探索你的源頭
逼向沒有人來過的地心
熾熱的火焰在冰湖上燒
那是最初，我們遭遇在
記憶的經緯線上不可辨識的一點
復在雷霆聲中失去了彼此

我飄泊歸來，你踞臥不寧
仰望着，是的，假如這一次
悉以你的觀點爲準，這一次
當我傾一倖存之軀瀕臨，俯視……

草原告別

——夢中得句補成

「爲追逐一名窮寇
我倉促選擇了坐騎……」
從蘆花蕩外
繞道渡河，日頭剛剛
傾斜向西，雲淡如紙
大地沉鬱濁重沒有風
我於是策馬到了高處
忍不住回首眺望：那

告別的草原罩在夏日的
灰影裏，在強光底下
閃爍如螢火寂寥的
廢墟，經過多次
血腥廝殺之後，靜——
但那些莫非就是花？
金黃的雛菊，小苜蓿
點點似殘雪，還有
石南的細蕊在太陽下
燃燒，那些是我曾經踐踏
走過的，是露宿夜的枕藉
時常喧鬧地挽留，以草子
緣附，或在凌晨的燠熱
以攀近耳際悉索的唼喋
不知道說了些甚麼？這時
自河此岸遙遙張望

髣髴所有虛實都不曾發生
一蒼鶻從左邊飛來
在我昨夜篝火的灰燼上
盤旋，隨即向右前方趕去
在凝固的野地上空
鑿了一條細長，紊亂的
破綻。有風微微
自彼岸吹來，蘆花動搖
水紋漣漪長流，讓我
隱約看見最遠一派
錯落三四於有無間的
莫不是那些早已經
遺忘了的村莊，一些
栽植了黃杏的逆旅？
曾經消滅在風沙
在煙霧，連同邂逅的

柔情都向時間陰暗處
倒退，向記憶背面腐朽
只剩下參差消長的杏花
偶然也可能在我肝膽浮現
沉沒，激起一點苦澀
如春茶冷卻，爲了雨……
蒼鶻逸入遠方的破綻
天空雖然縫合，大地
鬱濁無風，蘆靜
水平，我下山
向一座險惡林子挺進

夐虹

一九四〇——

蝶舞息時

哦，那是春天，是薔薇的蓓蕾
我們在雨中相遇——
記憶不起了麼？也許
日記焚了，再也尋不着往日的一絲兒
笑意。
　哭泣吧，你怎不爲垂幕之前的琴音哭泣？
而我，總思量着

墓上草該又青了；蝶舞息時
雖只二瓣黑翅遺下
說：
哦，那是春天
我們在雨中相遇——

殞星

愛情光化而去了
遺下點點的點點的，啊！爲什麼是
葡萄燈盞之明滅
爲什麼是回憶，是一窗細雨
是一窗淚！

讓我，啊！輕聲問你
問你問你問你

再問你：
那裏去了呢？
我少年時代的第一曲戀。

黑色的聯想

黃昏，是哭後的眼睛
望着我，以全燃的感情

而終於，可視及的
和不可視及的——
五千色火光齊滅
（你承受不起我的信仰）
黑了，林蔭道；黑了，寬闊的長橋
而指揮命運的魔手開始安排
（長針追蹤於短針後，勢必趕過）

安排——

暗夜中更暗的死亡，於七時一刻

我乃驚悟，黑色的鐘點過了

一切都不能恢復

你不用面西——悵悵地

不題

從盼企中走出

請上階石，踏着叮咚音符

有顏彩以繽紛來，有江海以澎湃來

我的神，請上階石

豪華的寂寞，在你之後

則引我以昇，回首是悠宙

且信仰我們同存，或者同隕
且等我等待，於此長階
背景是亙古
我的神，請引我以昇

從迢迢的視漠中走出
啊　藍，請上我的階
紛繁的聲，在你之後

我已經走向你了

你立在對岸的華燈之下
眾弦俱寂，而欲涉過這圓形池
涉過這面寫着睡蓮的藍玻璃
我是唯一的高音

唯一的，我是雕塑的手
　雕塑不朽的憂愁
那活在微笑中的，不朽的憂愁
眾弦俱寂，地球儀只能往東西轉
我求着，在永恆光滑的紙葉上
求今日和明日相遇的一點

而燈暈不移，我走向你
我已經走向你了
眾弦俱寂
我是惟一的高音

瓶

其上你無憂愁，汲水的瓷瓶
在案上如在古代，如在泠泠泉邊

你無憂愁，你飲其中甘冽
又在深林，千萬片葉面欲滴着透明
散步過此，你用瓶汲引清液
詩一一形成

隨時傾注，樂聲不住地拍動薄翅
我在其中，我是白羽

案上列滿期待，一如岸上
你凌涉重重的時光前來
取走那瓶

汎愛觀

用某種信仰看雲

春天爲什麼渺渺茫茫
春天給誰買了去
明朝我們哪兒談心好

總是這麼一瓣瓣數着
好春天，該如花
愛情那有趣的結兒總是解了又打
(我們可以下一個賭注
憂鬱是廉價的)
好春天，該如花

一枚小小的十字架
裝飾在壁上
一枚小小的痛楚
裝飾在捧向胸前的手上
春天爲什麼渺渺茫茫

看雲用什麼信仰

水紋

我忽然想起你，
但不是刼後的你，萬花盡落的你

爲什麼人潮，如果有方向
都是朝着分散的方向
爲什麼萬燈謝盡，流光流不來你

稚儍的初日，如一株小草
而後綠綠的草原，移轉爲荒原
草木皆焚：你用萬把刹那的
情火

也許我只該用玻璃雕你
不該用深湛的凝想
也許你早該告訴我
無論何處，無殿堂，也無神像

忽然想起你，但不是此刻的你
已不星華燦發，已不錦繡
不在最美的夢中，最夢的美中

忽然想起
但傷感是微微的了，
如遠去的船
船邊的水紋……

水　晶

你在煙雲的高地
但涉水處，水草交纏
柔柔的千臂，牽結千網
有人勢將溺斃
水中的孤靈，孤荷

溺爲一朵
一朵水魂：憂傷的水蓮呵
霧靄的湖中，千根植長
卻閉蕊不開，因那無端的宿命
那固執的憂傷

張柔柔的千臂，水草交纏
有人勢將溺斃，一種閉蕊的孤寂
不能遷植，不能渡灣

縱然，唉，你伸手爲舟
從那煙雲的高地

詩末

愛是血寫的詩
喜悅的血和自虐的血都一樣誠意
刀痕和吻痕一樣
悲慼或快樂
寬容或恨
因爲在愛中，你都得原諒

而且我已俯首
命運以頑冷的磚石
圍成枯井，錮我
且逼我哭出一脈淸泉

且永不釋放
即使我的淚，因想你而
氾涌成河

因爲必然
因爲命運是絕對的跋扈
因爲在愛中
刀痕和吻痕一樣
你都得原諒

夢

不敢入詩的
來入夢

夢是一條絲
穿梭那
不可能的
相逢

羅英（一九四〇—）

婦人

在她笑聲的
溪流
漂浮着
幾片過早掉落
被稱爲眼淚的
葉

使得那婦人
萌生起些些的

嫵媚
好似秋後
有桂樹氣息的
風

夢幻書

一　臉

天氣雨。白晝準時降臨
心依然漆黑
繪着你漠然之
秋霜後的
臉，在雨水中傾聽水滴
傾聽雨水不變溫之
虛假的沸騰

我的臉
非彩虹、非符號
非雨的旋律，非花、非畫
既然無法覆蓋內裏的喧嘩
摘下面具
在乍然曝光的臉上
雖不是煩憂
卻也是鹹的、濕的，似雨

二 雪

和愛等量的
雪
輕輕地降落
似悲劇情中攝氏零度之
悲愴
常常落在碑石上，雪

寫着渺遠的出生地
寫着不相識的姓名

似雪非雪的
你與我
或僅僅是塵埃
在銀河的詩句之間
在月光微溫的艾怨中
變作火中的炭
炭中的灰
雖然雪已盛開爲花
溶化爲淚
「花，並非是花，淚卻眞是淚」
雪，如是的說

三 夢

連夢也都
荒蕪之後
眞實對我們許是
喧鬧後的靜寂

吹送着不安於命運的
灰燼，夢亦吹送着
星辰燃點之後平鋪直敍的暗黑

夢，時而遁走
忘記行程，忘記歸途
奔向危危曲曲的岸
岸上消瘦的心
心中腫脹的臉

張錯

一九四三——

茶的掌故

據說那個僧人一覺醒來
夢的痕跡在他眼前
一一展現——像荒山雪嶺
一行行錯落凌亂的足印；
他一煩心，
便悔然在于思的滿臉
剪下長長催睡的睫毛；
據說一夜之間
一株株的苦茶就長出來了——

並且頗能收歛
在家的火氣。
出家的情渴。

可是我又怎能在一口茶裏
細嚐出上半夜的春夢？
在碎花青瓷的小杯裏，
去推敲出變色與澀味？
在沉浮起伏的當兒，
去找出那些蹙結的念頭？

每次你都這樣說——
茶沒有涼，你就走了，
壺裏的茶葉
仍濃郁一如你反覆
強調的鄉愁。

每次你也這樣說——
茶泡一次，你就走了，
暖壺與開水
仍是我山盟的熾熱，
你海誓的激情。

那僧人嘆了一口氣
眼前株株茶樹
將來頁頁公案
讓那些俗家子弟禪師頭陀
在茶餘飯後晨鐘暮鼓之際
拚命地追敲；
你迢迢千里西來，
究竟是什麼意思？
究竟是什麼意思？

不忍池

甚麼是昨夜的雨聲？
昨夜的雨聲是怔然的迷惘，
自我的悲泣，黑夜的侵襲
孤獨的流血——
一點一滴的——
是夜雨拍擊窗外的臺階？
是心中的微雨？
肉體的臺階？

甚麼是今晨的潮聲？
今晨的潮聲是浪花的怒放
齊聲的怒號，奮然的怒擊，
以及淒然的擁抱——

從楔子到完結篇，
都是浪潮牽引着山外的千層雲雨，
是眼中的雨霧？
內心的茫然？

那麼不忍池在那兒？
日曜日的人潮，
家庭的野宴，
穿着水手裝的小學生
排隊步入國家博物館；
忍？還是不忍？
這就是可憐的達摩
在壁前苦思了十年的問題
昨夜，今夜，和不忍池
似乎都是那幅禪畫的明日
無聲的掛在櫥窗後面，

讓人們觀覽，
也觀覽人們。

春夜洛城聞笛

今晚我該向你打聽誰？
或者請你代向誰致候？
春天的洛城，
橘郡的白色橙花如醉，
「而有一點淡淡的馨涼
可是凝神的眼看了你
就嘗有一點野百合的苦味
原來你在美麗中瘦了」
三十年代隆隆的鼓聲，
竟完全是一場不規則的節奏，
時強時弱，短促而輕快，

緩慢而沉重，於是——
四十年代，五十年代……
八十年代洛城暮春的夜晚，
你携來一段故園的消息，
不是契丹人的，
不是病了的，
不是蒼白了心的，
也再不是念了扇上的詩的，
或是失去春花與秋燕的；
我靜靜的聆聽，
一縷悠長的笛聲，
散入一雙在洛城思鄉
病了的耳朵，
「一雙海的眼睛
一雙藏着一盞珠燈
和一個名字的眼睛」

多麼渴切的一種思念啊！
可是據說水手的掌紋是悲劇而善變的，
除了星星的方向，季節的暖風，
夏天的風雨和海底的暗流，
長令海岸迷惘的，
便是某種在外飄泊經年的固執。

美麗與哀愁

我已經了解到生命中
唯一的美麗——
就是在可能與不可能的認知裏
發現了某種不可抗拒的可能；
譬如在一個陰霾密佈的早晨，
驅車到十里外的市鎮，
靜靜的飲着咖啡或檸檬茶，

在淡薄荷的氣味裏，
關切地聆聽生命趨向成熟中
某一章回的內心獨白，
也許是歸宿的渴切，
也許是獨身的探求；
然後在中午一杯白葡萄酒後，
低頭輕啜着小口的法國洋葱湯，
在粉紅鮭魚與雪白海貝之間，
似乎有一顆透明的眼淚，
在掉與未掉，
能與不能之間
悄然爲了某一刻深情傾注
眼神的美麗
而輕輕垂下。
而我更明白在生命中
唯一的哀愁——

竟然是在有限度的可能裏
發現了它本身全然不可能的事實，
譬如在大雨傾注的下午裏，
任何姿態的擁抱均是徒然，
任何終身的私訂均是空言，
只有在某一刻檸檬酸澀的寒顫裏，
才會憶起某一個山城的春夜——
唇間殘酒的餘味還在，
午夜夢醒的齒痕還在；
至於曾經依偎在右衣領的氣息，
則似乎已被雨後的晚風
緩慢而有恆地散拂，
彷彿在生命無盡的嬗變裏，
永遠旋繞交替着——
陰雨與晴天，
展望與追悔，

噢！可能與不可能！
還有那些從未短缺過的——
美麗與哀愁。

故劍

想當年你鍊我鑄我，
擂我搥我敲我，
把我烏黑的身體
燒成火熱的鮮紅，
而我胸中一股洪洪的壯志
卻在你最後一勺澆頭的井水，
隨着靈臺的抖擻
而變得清澈雪亮，
你磨我彎我撫我，
在春天三月的夜晚，

我終於在你手中悄然輕彈
成一柄亦剛亦柔的長劍。

我知道被鑄成的不是你的第一柄，
我癡望被鑄成的我是最後的一柄，
從你繞指溫柔的巧手裏，
我開始了一柄鋼劍的歷史，
一段千鎚百鍊的感情，
時至今日，
隱藏在劍鞘暗處的我，
將何以自處——
我的歷史只有一種，
你的感情卻有千面。

可是每一個如晦的雨夜
都有一種寂寞在心胸油然滋長，

使我不耐不安
而煩躍吟嘯；
故劍一片的情深，
不是俠氣就能培養的，
不是江湖就能相忘的，
有一種渴望，
不是劍訣就能禁制的，
不是歸宿就能賓服的，
有一種疑團，
在風中苦苦的追問——
當初你爲何造我捨我？
爲何以你短暫血肉之軀，
鍊我春秋鋼鐵之情？
爲何以你數十載寒暑的衝動，
遺棄成我千百世閱人無數的無奈？

溫健騮

一九四四——一九七六

一個墓地的下午

還有那許多不曾完結的，
一句沒實踐過的話，
一些黑色的欲念
猶隱伏在你已爛的心裏……

那次的眉跳　和思念
還不曾溶去；你想，就像
枯井裏依然藏着
一顆不肯消失的宿露。

蚊蚋在耳語，你可知道？
你躺着的地方，
那曾用血肉窒息過的坑穴，
當已潺潺着四月的雨水。

但還不只這些，讓我說：
松影下，你長長的指甲
該從那碑石伸出，攫住
一截蒼老的下午，
一如我和她的手，亟欲
握住這下午的闌珊。

論 詩

深是霧閉

淺是燈闌
　虛實得像雪意
　像盈耳響一陣春潮
　如果你走到林子裏
　看見一片會心的景色
　一個拈花的人
　在荒寺的階前
　圓光中彎一弧淡笑
　你揣測着：羚羊角的謎
　就這樣解了？

　只是：解和不解，
　嘔心的昌谷和帶井水味的樂天
　豈不都是一縷悲雲，一勾愁月？
　畢加索婦人的左臉或右臉，
　一隻蘋果的紅，向日葵的黃

豈不都是孟郊榻上的病紋，
賈島蒲團上趺坐的白骨？
謎豈是謎，
如果你，單衣外裹了秋寒似地，
微顫着，感到
我詩行裏的快意與哀思
竟也是你底？

長安行

悵望千秋一灑淚
蕭條異代不同時
——杜甫

一

雨後的蒼苔爬上你的病榻，

初癒的咳聲竟似風聲了。
什麼日子呢？
人在遠遠哪，
懷疑着：她的臂彎
也能像這薄被
暖困着你一團憂鬱麼？

誰還會思念呢？
青蓮那廝落在烽火
烽火的黑漩渦裏了，
「當君相思夜」
但這是黎明的時刻！
你在延續思索？
還是思索繫住你
渡過這些浸嶺跨河的日月？

沒有陽光來注入你的空酒甕
一如沒有酒
注入你愁斷的腸裏。
灰雲的袍影
遮斷山嶽；
隔着忙碌的生死
你醒來
像一塊燃燒過的炭
想起火的日子；
熊熊的記憶已不灼熱，
如一朶冷焰！
一線失去律呂的弦
在琴上閑着——
你猶在榻上。

二

長安的大街也該醒了，
每一扇窗都睜眼
看荊牽藤捲的世事
在繁華着，在枯槁着，
在歷史興亡着。

咳，風鈴啞了？
還是給夜盡而甦的市聲
像雨後的蕈那樣蓋住？
而更像一傘灰蕈那樣，
你推被起來——
推起一弧星搖的覆夜。
那臥龍躍馬的感覺
朝暾似地襲來
但刺不開滿胸滿臆
臃腫的雲翳——

你的臉開一朶白菊的冷色
想起江花處處的凋零。

不去坐那沒有燕飛的樓頭了，
不想上那高梯，
不想靠那不言不語的欄干，
那些冷漠都已倚遍。
你負手，聽自己清冷的屐聲
數那菊淚，在階前：
一滴一響的秋韻。

徘徊，趑趄，你是
找不着岸的波濤。

三

陰霾漸散的午後，你想：

如果突地化爲
一颯悲風，一片黑靜，
不再記起握過的手，
不再回顧水的崎嶇，
山的浪湧，或是
高崖上傷口似的陡裂……
無珠的眼也沒有淚的露瑩，
呵呵一笑，
閃一霎沒唇的齒光，
不枕曲肱，卻直臥
七尺思鄉的愴然。
歡欣，憂愁，
不曾展過的眉
都該長埋幽石，一若
風雲在符暘
落日在崦嵫

壯志在苔蘚染綠的胸上……

可是，可是，午飯時
爲什麼停筯罷嚥呢？
家園，社稷，
妻子，你，飄蓬。
半生已過，
只是，這下半生呵……
宿命的　責任感
從四面八方戟指着你
像火的呼喊
向柴薪，陽光的呼喊
向多埋的種子！
一株張臂的枯桐
等待鳳凰的棲止，
徧地春蟲　守候

驚蟄的沉雷！
那感覺，不是來自
灰冷的經册；
陶潛菊，謝安屐……
俱已銷埋！
莫問去去那歷史的煙波，
你抬起嶽聳的前額，
電張海目：

城內城外，
坊坊里里的弦歌
掩不住哭號與生離；
年年京畿，幾許芝藥
換臉臉虛笑，碗碗殘羹，
換上下四方的酸悲。
觸目是塵埃與淚色，

淚色
湧染一行一行征討的苦役。
「戰城南，死郭北」，
塞外的玄煙與白骨，
不知道還記不記得
大地三月來時，
那一株株春嫩，
和春嫩上露眼的凝碧？
而未亡人的枕淚
怕也濕不到夢。
孤魂，唉，孤魂；殘血
猶化一朵春紅的幽獨，
嬝嬝欲憐鬢影……

四、
該怎麼熨平這些苦難的縐呢？

而他們並不知道：你是鯤鵬
在一池死水，一團困鬱的大氣，
斂鰭垂翼，看每一個秋天
石決明，甘菊葉，
在秋風秋雨中爛死！
那些枯瘦的枝莖
已想不起薰風涼蟬；
你的筋脈已不賁騰，
縱然還念念公孫大娘的舞劍。

就這樣秋骨秋肋秋血秋肉
隨秋的年華到冬的黑穴麼？
「滄浪何爲而滿？
渭水何爲而淸？
子美啊子美，
你何爲而生？」

廊畔潛龍頓足，
屐齒把冷石咬出悲聲！

(鳥焚魚爛的夏一盡，
遠山葉葉冷秋紅懸，
卽是紅影啊也將搖落！想想：
你是飄飄黃去的第幾片？)

抬首暮天，雨痕淡淡
勾出妻子的愁顏；
莫不是她的相思也潮起，
像一陣柔風吹過薔薇？
抑或：她正凝坐窗前，
看纍纍的無聊
結了一個下午的苦匏？

一閃晚星在廊角上孤出，
那是你的伶仃！是
小文仰面的璀璨！
彷彿聽見你在低吟，
隔着千年霧雨，你蒼涼的聲音：
「遙憐——小兒——女
未解——憶長安……」

孟秋客落湖上見雁作人行

雁字回時，夕照將分作左右
迎我在南方，在
秋夕的池上。雲景該依舊
分明，該依舊
長亭也短亭，也樹縱山横。
也許，那時，你問

只問：雁字回也不回？
落蓬已在煙水；
雁字回也不回？
飛霞已自東西。

也許，那時，你正合睫
在遠方，在沒有雁飛的秋夕
而我只能是
你眼瞼下
漸暗的黑色。

致阿保里奈

I, too, can create desolation.

——Mary Shelley

序曰

阿保里奈，別用你左面的風
煽起昨日，水雲的昨日
讓今夜青月自破自碎的光
撲身我裸背上曲折的河
讓我的皮膚底下
潺湲着青血，青色的瘋狂

阿保里奈，我在奔馳
長街在背後追逐我的影子
我在奔馳，阿保里奈
風的蹄聲比時間要急，要激，要絕
阿保里奈啊，你知道
我不願躺下來
像一線靜定的光
或是火成岩的一層冷凝
即許能回過來

沒髮沒唇沒鬚沒耳
沒眼沒鼻的頭
也看、嗅、吻、聽
不着
身邊躑躅的青苔

阿保里奈，告訴我
怎樣把飢餓的風暴像一塊石子
踢進明天的枵腹
把酸牛奶的今天
重重疊疊，重重又疊疊
堆成身後一座頹碑
像一個意象，濃縮如
墓畔小草頭上露的死意
並且，阿保里奈啊
教我怎樣安排，怎樣

使我的詩 螞蟻
那樣 爲永恆搬運糧食——
腐朽的稻粒
猶水餵潤歆的靈魂

阿保里奈，我尤其懷念
歷史的血脈，一望黑波
昂首如抑鬱不平的歲月
莫說：悲壯是一隻水鳥
飛赴千秋的涯涘
仍找不着棲身的衰蘆——
且容我想起，想起
我的女人：那絲絨的髮
一掀離離的夜黑
我在星光下變成大地
她便是我懷中

一顆不曾剝殼的
溫柔的地豆

阿保里奈，讓我醉倒
泥堆在明日的門廊外
不願進入
那一匝已可窺見的荒涼
我不願進入
阿保里奈啊
縱使我睡時的短夢
只如灰鴿那樣
在時間淺紫的暮色中飛起
如一對受驚的眼
但曾經達達，曾經超現實
曾經愛冒險的你
也無法探索

我靈魂的崎嶇
因爲你，阿保里奈啊
你已是昨日

進行曲

留學就是流亡，依然是三部曲：
1. 入境
2. 居留
3. 做三等公民
這麼一來，
要拋棄的
也眞够多
彷彿都比不上
自虐的流浪的滋味，所以
最遠的旅程

是「回國省親」，所以
「忘掉她像一朵忘掉的花。」

吃喝之後
還可以鼻孔噴着煙
談談十大足球賽
或者米國的選美和時裝
或者臺獨，或者
甚至，關於
（在冷靜的血微微激昂之後）
如何騎着資本主義的駱駝
穿過中國革命的針孔

古蒼梧

一九四五——

登樓

一拉開窗簾
滿城的燈火
都飛進來了
恰似螢光點點
我曉得
必有一盞正照着你
在路上
或別的地方

城市
何其寂靜
卻彷彿聞見
雷聲
拿起電話
想告訴你一場風雨
即將來臨

終又廢然擲下
因爲你會毫不在乎的說：
這算甚麼？

無題

燈燼後
桌、椅、鏡、牀、人

都消失了
我們卻以手揑黑暗
重塑
彼此的形象
再以唇
慢慢的燃燒、鍛鍊

那一刻
我們都相信：
到天明時
我們便會變成
一座連體的銅像
裸露在大地上
千年萬年
接受八方的風、霜、雨、雪……

施善繼

一九四五——

春之溪

三月，
自橋下流走的一串水響
猶是你雙垂的幽怨
晶晶幽怨
無聲地滑過小心珍藏的童年。
(想說些什麼，
抑單聽人家細述？)

你櫓動民謠風的槳葉划進
喜愛的西班牙
彈唱Ｆ・Ｇ
幫他拾回那組愉悅的鳥雀：
失去的日子之歌。

淡水

打海上回來，那些魚們
把這鎮飾得很腥
須補的網，待修的船隻
路們靜着
仙人掌以雄姿守門
聖誕紅簇擁一座朱色建築

那支飄着的不列顛
是用現代粉刷的古典

觀音臥着，臥在隔岸
那水流着，流着觀音的慈悲
耿耿不寐的淚眼

五虎坡上花們仍開着
那羣尤加利把多圍成圓
任花香悠然自圓裏

眺望東中國海
眺望暮色 in B minor 降下
迎接葛利格的日出

秋之午

一張王牌打我桌前掠過
去進行它的第二種企圖時
我開始沾沾自喜
因爲這局牌我堅信有全勝的把握

九月，雨們常從田埂的缺口流出來
關於上一季的稻子曬
關於村姑擁抱農作物
都已經藏於映像與焦距之間了

然後是令人雀躍的遞嬗
那一個夜晚
所有的中國人，會把滿身的情緒

燃在蠟燭的火光內

我們似乎可以預讀出許多下年度的驚奇
從春聯的紅裏
在這深深的秋之午
默默的無所謂邊陲的空曠

淚們無聊地把黃昏再一次的垂下來
在星、月亮與風以前
我開始沾沾自喜
因爲這局牌我堅信有全勝的把握

關夢南

一九四六——

十九路軍墓場

他們從長江
撤退到這裏
睡在這裏

覆蓋的麻石板
囤積着雨水
呈現焦黃和淤黑
多少年沒有祭掃了
枯葉盤旋在腳下

而野草蓬勃
沿着那些裂痕
拾級而上
咬文嚼字的
是攀緣一類的植物
他們纏繞在
碑文上

紅衞兵來過
但更多的
姓氏和籍貫
深入
岩石的肌膚
不同的見解
界限了鮮血的顏色

沒有蒼松和翠柏
落日送過來
那邊杉樹的陰影

傷口

你的手掌上
裂開一個個十字
撥開肌膚上的皂泡
我看到了
裏面的痛楚

「是因為缺乏
　某一種血的成份
所以容易

遇寒成傷」

醫生說話
令我憶起那年冬天
怎樣從廣州的一條陋巷
直趕到「省立人民醫院」去

那不能凝結的血
一滴一滴
滴乾了幾乎我希望
的全部

果眞這樣嚴重嗎？
用膠布封好口
你說：「沒有嘴巴
它不會喊痛了」

然後繼續工作

登樓賦

登樓豈不是有些悽楚？
看滿城的燈火
有那一盞是屬於你的
有那一盞
是屬於我的

漸高漸寒
就想起七月
想起草原的牧歌
想起那一輛忽忽夜行南下的火車
而我
坐在山崗上

是另一次的酒醉
是無奈地
燒起國魂的香

也許
沒有可談的國家大事了
樓頭的顏色
祇有
　強姦
　打劫
　越獄
　逃亡
多麼令人懷念呵
公元前
神父和修女
在一個黑紗下的戀情

登樓豈不是有些悽楚？
漸高漸寒
還是下樓去吧
拿把剪子
剪下我冬天的惆悵
寄給你

梁秉鈞

一九四七—

北角汽車渡海碼頭

寒意深入我們的骨骼
整天在多塵的路上
推開奔馳的窗
只見城市的萬木無聲
一個下午做許多徒勞的差使
在柏油的街道找尋泥土
他的眼睛黑如煤屑
沉默在靜靜吐煙

對岸輪胎廠的火災
冒出漫天裊裊
眾人的煩躁化爲黑雲

情感節省電力
我們歌唱的白日將一一熄去
親近海的肌膚
油污上有彩虹
高樓投影在上面
總是晃盪不定

沿碎玻璃的痕跡
走一段冷陽的路來到這裏
路牌指向銹色的空油罐
只有煙和焦膠的氣味
看不見熊熊的火

偪窄的天橋的庇蔭下
來自各方的車子在這裏待渡

送別友人，和一本書

海從你的臉頰開始
伸延往一個我不熟悉的世界
你帶着這麼一本書離去
裏面有幾年的悲歡憂喜
高興你帶着它輾轉途中
不曉得會遇上什麼
飄流隨水還是零落沾塵
你們已不是我可擔心的了
沒有醉別也不是登臨
有些話無謂再說
把煙蒂撳熄，還有餘煙飄散

站在欄杆前看初臨的夜色
霓虹的巍峨在海浪上動搖
一根木棒隨波濤起伏
偶然湧起蔽中碼頭的木柱
然後又空自擺盪
山的黑影上燈光盡是言語
看這樣的風光
我也禁不住再說起話了
鬆開抓住鐵欄的手
又彷彿失掉什麼
字語浮離不定
放任飛翔的手
也許會觸着更多
人羣從碼頭的階級走下來
一個賣零食的小販
軋響手中的剪刀

那邊一個釣魚的人還耐心坐着
等日落後更豐富的收穫
當你起行
我也將如此趺坐
你將隨波濤遠去
不管苔遮抑或泥污
我是這陳舊的碼頭
送一切離去的
且沒有傷感的話
風帶來更悠久的鹽味
與更多補綴的帆

羅青

一九四八——

吃西瓜的六種方法

第五種　西瓜的血統

沒人會誤認西瓜爲隕石
西瓜星星，是完全不相干的
然我們卻不能否認地球是，星的一種
故而也就難以否認，西瓜具有
星星的血統

因爲，西瓜和地球不止是有

父母子女的關係，而且還有
兄弟姊妹的感情——那感情
就好像月亮跟太陽太陽跟我們我們跟月亮的
一，樣

第四種　西瓜的籍貫

我們住在地球外面，顯然
顯然，他們住在西瓜裏面
我們東奔西走，死皮賴臉的
想住在外面，把光明消化成黑暗
包裹我們，包裹冰冷而渴求溫暖的我們

他們禪坐不動，專心一意的
在裏面，把黑暗塑成具體而冷靜的熱情
不斷求自我充實，自我發展
而我們終究免不了，要被趕入地球裏面

而他們遲早也會，衝刺到西瓜外面

第三種　西瓜的哲學

西瓜的哲學史
比地球短，比我們長
非禮勿視勿聽勿言，勿爲——
而治的西瓜與西瓜
老死不相往來

不羨慕卵石，不輕視鷄蛋
非胎生非卵生的西瓜
亦能明白死裏求生的道理
所以，西瓜不怕侵略，更不懼
死亡

第二種　西瓜的版圖

如果我們敲破了一個西瓜
那純是爲了，嫉妒
敲破西瓜就等於敲碎一個圓圓的夜
就等於敲落了所有的，星，星
敲爛了一個完整的，宇宙

而其結果，卻總使我們更加
嫉妒，因爲這樣一來
隕石和瓜子的關係，瓜子和宇宙的交情
又將會更清楚，更尖銳的
重新撞入我們的，版圖

第一種　吃了再說

寃魂記

——與蒲松齡夜談

陰風向琴弦索鳴
腐葉向長廊索步
雲異星邪
紙窗雪白，發出磨牙之音
木門無聲，裂開微笑一縫

忽然，昏雲呑月
大地驟然一暗
暗空中，有燈籠一盞
上下飄浮，圓圓而來
燈而無影
燭而不焰
緩緩游移過
一間又一間的廂房
吹熄了房中一張又一張
張口瞪眼驚怖萬分的臉龐

然後是死寂
死寂如血……
慢慢自四壁的皮膚裏滲出
驀的，從門廊重疊處
拋來一絲尖細的笑聲——
拋來細髮鋼線一道
刺穿層層的幽暗
引出烈火一把，怪煙一陣

濃煙撲打樑上的積塵厚厚
灰塵手帕般摀住了吱吱做響的家具
火舌舔掃地上的積血斑斑
血滴淚水般驚醒了駭然而靜的庭院
庭院之上

圓月復現
冷冷掛在熊熊烈火之中
漠漠照在牆角陰黑之處

但見
一隻蒼白的纖指
半露在沙土外
微微一動

北島

一九四九——

日子

用抽屜鎖住自己的祕密
在喜愛的書上留下批語
信投進郵箱，默默地站一會兒
風中打量着行人，毫無顧忌
留意着霓虹燈閃爍的櫥窗
電話間裏投進一枚硬幣
向橋下釣魚的老頭要支香煙
河上的輪船拉響了空曠的汽笛
在劇場門口幽暗的穿衣鏡前

透過煙霧凝視着自己
當窗帘隔絕了星海的喧囂
燈下翻開褪色的照片和字迹

宣告

——獻給遇羅克

也許最後的時刻到了
我沒有留下遺囑
只留下筆，給我的母親
我並不是英雄
在沒有英雄的年代裏
我只想做一個人

寧靜的地平線
分開了生者和死者的行列

我只能選擇天空
決不跪在地上
以顯出劊子手們的高大
好阻擋自由的風

從星星的彈孔中
將流出血紅的黎明

結局或開始

——獻給遇羅克

我，站在這裏
代替另一個被殺害的人
爲了每當太陽升起
讓沉重的影子像道路
穿過整個國土

悲哀的霧
覆蓋着補釘般錯落的屋頂
在房子與房子之間
煙囱噴吐着灰燼般的人羣
溫暖從明亮的樹梢吹散
逗留在貧困的煙頭上
一隻隻疲倦的手中
升起低沉的烏雲

以太陽的名義
黑暗在公開地掠奪
沉默依然是東方的故事
人民在古老的壁畫上
默默地永生
默默地死去

呵，我的土地
你爲什麼不再歌唱
難道連黃河縴夫的繩索
也像綳斷的琴弦
不再發出鳴響
難道時間這面晦暗的鏡子
也永遠背對着你
只留下星星和浮雲

我尋找着你
在一次次夢中
一個個多霧的夜裏或早晨
我尋找春天和蘋果樹
蜜蜂牽動的一縷縷微風
我尋找海岸的潮汐

浪峰上的陽光變成的鷗羣
我尋找砌在牆裏的傳說
你和我被遺忘的姓名

如果鮮血會使你肥沃
明天的枝頭上
成熟的果實
會留下我的顏色

必須承認
在死亡白色的寒光中
我，戰慄了
誰願意做隕石
或受難者冰冷的塑像
看着不熄的青春之火
在別人的手中傳遞

即使鴿子落在肩上
也感不到體溫和呼吸
它們梳理一番羽毛
又匆匆飛去

我是人
我需要愛
我渴望在情人的眼睛裏
度過每個寧靜的黃昏
在搖籃的晃動中
等待着兒子第一聲呼喚
在草地和落葉上
在每一道眞摯的目光上
我寫下生活的詩
這普普通通的願望
如今成了做人的全部代價

一生中
我曾多次撒謊
卻始終誠實地遵守着
一個兒時的諾言
因此，那與孩子的心
不能相容的世界
再也沒有饒恕過我

我，站在這裏
代替另一個被殺害的人
沒有別的選擇
在我倒下的地方
將會有另一個人站起
我的肩上是風
風上是閃爍的星羣

也許有一天
太陽變成了萎縮的花環
垂放在
每一個不屈的戰士
森林般生長的墓碑前
烏鴉，這夜的碎片
紛紛揚揚

空白

貧困是一片空白
自由是一片空白
大理石雕像的眼眶裏
勝利是一片空白
黑鳥從地平線湧來

顯露了明天的點點壽斑
失望是一片空白
在朋友的杯底
背叛是一片空白
情人的照片上
厭惡是一片空白
那等待已久的信中
時間是一片空白
一羣不祥的蒼蠅落滿
醫院的天花板
歷史是一片空白
是待續的家譜
故去的，才會得到確認

期待

沒有長長的石階通向
那最孤獨的去處
沒有不同時代的人
在同一條鞭子上行走
沒有已被馴化的鹿
穿過夢的曠野
沒有期待

只有一顆石化的種子

羣山起伏的謊言
也不否認它的存在
而代表人類智慧
和凶猛的所有牙齒
都在耐心期待着
期待着花朵閃爍之後

那唯一的果實

它們等了幾千年

欲望的廣場鋪開了
無字的歷史
一個盲人摸索着走來
我的手在白紙上
移動，沒留下什麼
我在移動
我是那盲人

江河

沒有寫完的詩

—一九四九—

一　古老的故事

我被釘在監獄的牆上
黑色的時間聚攏，一羣羣烏鴉
從世界的每個角落從歷史的每個夜晚
把一個又一個英雄啄死在這堵牆上
英雄的痛苦變成石頭
比山還要孤獨
爲了開鑿和塑造

為了民族的性格
英雄被釘死

風剝蝕着，雨敲打着
模模糊糊的形象在牆上顯露
殘缺不全的胳膊手面孔
鞭子抽打着，黑暗啄食着
祖先和兄弟的手沉重地勞動
把自己默默無聲地壘進牆壁
我又一次來到這裏
反抗被奴役的命運
用激烈的死亡震落牆上的泥土
讓默默死去的人們起來叫喊

二 受難

我的女兒就要被處決
槍口向我走來，一只黑色的太陽

在乾裂的土地上向我走來
老樹枯乾的手指
臉上痙攣的皺紋
我和土地忍受共同的災難
心摔在地上
女兒的血濺滿泥土
孩子的淚水在我臉上流着
孩子的眼淚也是鹹的
冬天，一條條小河在凍冰
河流停止了歌唱
姊妹、女兒和妻子
衣襟被撕破，頭髮飄落
浪花飛濺岩石
我的頭髮一片大海
父親、丈夫、兒子
手在頭髮的海洋上顛簸

骨節沉悶地響着
船舶、森林粗獷地生長

三　簡短的抒情詩

像在夢中
我成了女孩子
來到這世界
吱吱叫着的石子路
踩碎影子
我赤腳跑來
血滴融進
露水
一顆顆紅瑪瑙閃動起伏的胸前
爲了嫩綠的心
黎明時開放
我把青春純潔的騷動獻給了革命

手臂潔白的橋
尋找太陽
不再怕星星在水中顫抖
書脊的林子，夜的摸索
我變成一顆星星
不再顫抖

四 赴 刑

欺騙的風蒙住窗子
屠殺在進行
我不能躲在屋子裏
我的血不讓我這樣做
早晨的孩子們不讓我這樣做
我被投進監獄
手銬、腳鐐深深嵌進我的肉裏
鞭子在身上結網

聲音被割斷
我的心一團火在嘴唇上無聲燃燒
我走向刑場，輕蔑地看着
這歷史的夜晚，這世界的角落
沒有別的選擇，我選擇天空
天空不會腐爛
我只有被處決，否則黑暗無處躲藏
我是在黑暗中誕生，爲了創造出光明
我只有被處決，否則謊言就會被粉碎
我反對光明不能容忍的一切，包括反對沉默
周圍擠滿了被驅趕來的人羣
黑壓壓地擠滿被奪去光澤的人們
我也站在這羣人中
看着自己被處決
看着我的血一湧一湧地流盡

五　沒有寫完的詩

我死了
子彈在身上留下彈坑像空空的眼窩
我死了
不是爲留下一片哭聲、一片感動
不是爲了花朵在墳墓上孤獨地開放
民族的感情已經足够豐富
草原每天落滿露水
河流每天流向海洋
這久遠的潮濕的感情
難道被感動的次數還少嗎
…………
我被釘死在牆上
衣襟緩緩飄動
像一面正在升起的旗幟

星星變奏曲

如果大地的每個角落都充滿了光明
誰還需要星星，誰還會
在夜裏凝望
尋找遙遠的安慰
誰不願意
每天
都是一首詩
每個字都是一顆星
像蜜蜂在心頭顫動
誰不願意，有一個柔軟的晚上
柔軟得像一片湖
螢火蟲和星星在睡蓮叢中游動
誰不喜歡春天

鳥落滿枝頭
像星星落滿天空
閃閃爍爍的聲音從遠方飄來
一團團白丁香朦朦朧朧

如果大地的每個角落都充滿了光明
誰還需要星星，誰還會
在寒冷中寂寞地燃燒
尋求星星點點的希望
誰願意
一年又一年
總寫苦難的詩
每一首是一羣顫抖的星星
像冰雪覆蓋心頭
誰願意，看着夜晚凍僵
僵硬得像一片土地

風吹落一顆又一顆瘦小的星
誰不喜歡飄動的旗子
喜歡火
湧出金黃的星星
在天上的星星疲倦的時候——升起
照亮太陽照不到的地方

蘇紹連

—一九四九—

風的手

——給沙鹿的孩子

風，伸出了手
牽着你們奔跑
樹葉，是樹的翅膀
拍動着，想要起飛
稍一用力
翅膀就掉下來了
只有被風牽着
才能飛呀！跑呀！

到處都嚷着：
風啊，伸出手來
風果然伸出手來
而且一伸就是千隻萬隻
向大地的每一個角落伸出
把每一幢房屋的門窗都打開
陰暗，被牽出來了
潮濕，被牽出來了
封閉的孩子
趕快拉住風的手
一起跑到原野上去
風的手還要伸進你們的嘴裏
把微笑拉出來
把歌聲拉出來
讓你們和快樂握手

風說：讓握着的手交互連結吧
不要鬆開來
樹握着雲，雲握着山，山握着明天
明天把手伸向遙遠的東方
東方的天空出現了朝陽
朝陽伸出溫暖的手
握住了大地
大地都醒過來了，也伸出了手
握着所有的希望

然後，你們在手中傳遞一份消息：
「安徒生伯伯和楊喚叔叔都回來了。」
把這令人興奮的消息
透過風的手，散播出去
透過大家的手，散播出去

你們的手揮舞着
像一面面小小的旗子
在風中熱烈的舉起

何福仁

一九五〇——

訪元祐黨籍上的蘇軾

肅立在冷硬
碑上的
可是酒醒的蘇軾？
醉後埋入了
凝固的土石

據說這，他的姿態
是對時事的見解
灑脫？

讓石和石判決
而夜，蟲和蟻認識
是遙深的

八大山人

看來，你頗有黑色幽默感
你把名字畫成
哭之笑之
龜字的花押隱藏
三月十九日：
京師淪陷的日子
那天，你留頭不留髮
出家去了

也有一點點

魔幻

在枯魚呆鳥瞪四方的白眼
粼粼怪石
可那是寫實
在殘山剩水之間
鼓起了肚皮
縮起了頸背

而我們看畫
畫也在看我們
不起，如果
我們爲了侍奉權貴
多長了一隻耳
而且一早就整裝上班

髡殘

但沉默是一種徒然
的抗議
你把話語
點染山石
那三寸舌
開口便禿了
在濃墨鈎提間
一片赭石色
幾株寒松
錯生，擋過霜和雪
其中也有屋村房宇
旅人漫步過橋
活着，可就不孤絕

一次，你覺得山石沉默久了
寫信給友人說：
「何日來幽棲寺？
兩人相對無言亦妙。」
就聽風聽雨好了。

攤開長安城的平面圖

——西安記遊

像一頭鳥那樣我攤開長安城的平面圖
如果不怕疲倦你就陪我飛一段路
穿過明德門，飛進嚴整對稱的棋盤
前面是最端直寬大的朱雀街
視域不斷拓攘撞擊我們的心胸

兩旁楊柳飄拂，伸向臨街張開的窗戶
像嘴巴，你聽到竊竊的說話
要是罰你下來撿拾落葉
三兩坊巷已豚斷你的頸，小心挺直腰啊
不然就釀成交通意外，飛錯方向
休想飛進磅礴的盛唐
安仁坊裏那是小雁的禿頂，小心風沙
有一年，你不必翻查，連番地震
震掉了無數烏紗，另有一些紙帽
無端端就蓋在原本光禿的頭顱
蹲在東南面晉昌坊的是另一頭大雁
曾經飛過沙漠，飛到天竺
最終還是飛回來，告訴大家遠方的物事
用我們熟悉的語言
但不同的意見也要聽聽，在靖安坊
韓愈用險奇滔滔的言語

柳宗元則在親仁坊
要不要先搖一下電話？
正因爲不同意見，他長期外貶
你當然也想嚐嚐白居易的胡麻餅
輔興坊吧，還有煎餅糊子店、畢羅肆
胡姬豐腴的體態
爽朗的笑語
懷念多麼令人嘴饞
小心地圖不要在懷念裏掉失了
可不容易找牢靠的着陸點
而李白總要找遍西市所有的酒家
總來遲，說詩人統統被逐出城
飛蓬似的只留下對月的空酒杯
飛累了，就擱在苑西門的闌干
如果純粹地飛翔，只是遙遠地俯看
指指點點，保持一種距離

的美，那就最安全
但甚麼令你一面抱怨又一路向前
仍有一個酸苦的名字
在嘴邊？一隻白頭烏鴉
卻在城上撲撲驚呼：快快逃命啊
再猛啄富人的大屋，屋下的高官
紛紛攬起行李匿躲
這頭鳥，飛去了又回來
好生面熟啊；窗戶緊鎖
一列馬隊匆匆走過
趁日落前，淨街鼓響
我們得趕緊飛翔，小心宵禁
會把任何不明物體擊落
飛過繁華的時限，飛進
上元夜一盞虛懸的花燈裏歇歇
小心大火，那是朱溫號令逼遷

牽衣頓足誰又願意離開
可憐長安就在凝望裏煙滅了……
你不怕燻出眼淚？眞的不怕
飛進煙霧的漩渦裏？
不怕在時空的變換間
昏頭轉向衝着了枝椏？
或者看過太多陰黯與苦楚，再無力
拍打，失去飛的渴望？都不怕的話
你就陪我再推開長安的城門
飛下每一個坊巷重新摸索

多多

一九五一——

當人民從乾酪上站起

——「陳述」之一

歌聲，省略了革命的血腥
八月像一張殘忍的弓
惡毒的兒子走出農舍
攜帶着煙草和乾燥的喉嚨
牲口被蒙上了野蠻的眼罩
屁股上掛着發黑的屍體像腫大的鼓
直到籬笆後面的犧牲也漸漸模糊
遠遠地，又開來冒煙的隊伍……

無題

——「陳述」之三

一個階級的血流盡了
一個階級的箭手仍在發射
那空漠的沒有靈感的天空
那陰魂縈繞的古舊的中國的夢
當那枚灰色的變質的月亮
從荒漠的歷史邊際升起
在這座漆黑的空空的城市中
又傳來紅色恐怖急促的敲擊聲……

秋

——「陳述」之五

失落在石階上的
只有楓葉、紙牌
留在記憶中的
也只有無窮的雨聲
那間歇的雨聲一再傳來
像在提醒過去
像在悼詞中停頓一下
又繼續進行……

夜

——「陳述」之六

在充滿象徵的夜裏
月亮像病人蒼白的臉
像一個錯誤的移動的時間
而死，像一個醫生站在牀前：

一些無情的感情
一些心中可怕的變動
月光在屋前的空場上輕聲咳嗽
月光啊，暗示着楚楚在目的流放……

手藝

——和瑪琳娜・茨維塔耶娃

我寫青春淪落的詩
（寫不貞的詩）
寫在窄長的房間中
被詩人姦污
被咖啡館辭退街頭的詩
我那冷漠的
再無怨恨的詩
（本身就是一個故事）

我那沒有人讀的詩
正如一個故事的歷史
我那失去驕傲
失去愛情的
（我那貴族的詩）
她，終會被農民娶走
她，就是我荒廢的時日……

舒婷

一九五二——

贈

我爲你扼腕可惜
在那些月光流蕩的舷邊
在那些細雨霏霏的路上
你拱着肩，袖着手
怕冷似地
深藏着你的思想
你沒有覺察到
我在你身邊的步子
放得多麼慢

如果你是火
我願是炭
想這樣安慰你
然而我不敢

我爲你舉手加額
爲你窗扉上閃熠的午夜燈光
爲你在書櫃前彎身的形象
當你向我袒露你的覺醒
說春洪重又漫過了
你的河岸
你沒有問問
走過你的窗下時
每夜我怎麼想
如果你是樹
我就是土壤

想這樣提醒你
然而我不敢

往事一一三

一只打翻的酒盅
石路在月光下浮動
青草壓倒的地方
遺落一枝映山紅

桉樹林旋轉起來
繁星拼成了萬花筒
生銹的鐵錨上
眼睛倒映出暈眩的天空
以豎起的書本擋住

手指輕輕銜在口中
在脆薄的寂靜裏
做半明半昧的夢

落葉

殘月像一片薄冰
漂在沁涼的夜色裏
你送我回家，一路
輕輕歎着氣
既不因爲惆悵
也不僅僅是憂鬱
我們怎麼也不能解釋
那落葉在風的擺掇下
所傳達給我們的
那一種情緒

祇是，分手之後
我聽到你的足音
和落葉混在了一起

春天從四面八方
向我們耳語
而腳下的落葉卻提示
冬的罪證，一種陰暗的回憶
深刻的震動
使我們的目光互相迴避
更強烈的反射
使我們的思想再次相遇

季節不過爲喬木
打下年輪的戳記
落葉和新芽的詩

有千百行
樹卻應當祇有
一個永恆的主題
「爲向天空自由伸展
我們絕不離開大地」

隔着窗門，風
向我叙述你的踪跡
說你走過木棉樹下
是它搖落了一陣花雨
說春夜雖然料峭
你的心中並非寒意

我突然覺得：我是一片落葉
躺在黑暗的泥土裏
風在爲我舉行葬儀

我安詳地等待
那綠茸茸的夢
從我身上取得第一線生機

渡也

—一九五三—

怨情

寂寞時我都在潮濕的後院
用妳的上聲語韻
獨自寫我淒楚不堪的小詩：
如妳是甜蜜的櫻桃落盡
我便是那荒涼的春歸去

手套與愛

桌上靜靜躺着一個黑體英文字
glove
我用它來抵抗生的寒冷
她放在桌上的那雙黑皮手套
遮住了第一個字母
正好讓愛完全流露出來
love

沒有音標
我們只能用沉默讀它
她拿起桌上那雙手套
讓愛隱藏
靜靜戴在我寒冷的手上
讓愛完全在手套裏隱藏

精神官能性抑鬱症

頭幾天猴子靜靜的
未說任何不滿的話
似乎很喜歡籠中的宇宙
好像感到人世的幸福

以後牠天天叫鬧
在宇宙中來回急飛
撞傷了上鎖的鐵門
並且，絕食抗議

我查閱心理學
那是，精神官能性抑鬱症
啊，那絕不是我的過失
罪魁也不是精神病

而是——
都市
終於我放牠出籠
拿自由餵牠
並且，帶牠回山林
我看到山腰全是高壓電、煙囪
山頂擠滿霓虹燈、大廈
污水有氣無力，爬過河牀
我放了猴子
正要轉身下山
啊，牠竟哀鳴幾聲
丟下整座山林
跳回我懷中

陳義芝

一九五三—

雪滿前川

整節課
先生不停地講
學生不停地記
春蠶食桑
一片沙沙聲響

下課了
學生走了
敎室空了

蛾飛繭外
誰復理
那縷細細幽幽的情？

只見先生
凝望黑板槽中
積滿的粉屑
振振衣衫
輕輕
搔首太息

啊，雪滿前川

蓮霧

在園中

我看到果子垂掛
如晶瑩的顆淚
許多年前
一位心愛的女孩
一張仰起的臉也曾如此

後來
她輕輕合睫
走了
像花開花又謝
留未了的心事給我
一輩子也解不開的謎

楊澤

—一九五四—

在畢加島

在畢加島，瑪麗安，我看見他們
用新建的機場、市政大厦掩去
殖民地暴政的記憶。我看見他們
用鴿子與藍縷者裝飾
昔日血戰的方場吸引外國來的觀光客……

在畢加島，瑪麗安，我在酒店的陽臺邂逅了
安塞斯卡來的一位政治流亡者，溫和的種族主義
激烈的愛國者。「爲了

祖國與和平……」他向我舉杯
「爲了愛……」我囁嚅的
回答，感覺自己有如一位昏庸懦弱的越戰逃兵
（瑪麗安，我仍然依戀
依戀月亮以及你美麗的，無政府主義者的肉體……）

在畢加島，我感傷的旅行的終站，瑪麗安
我坐下來思想人類歷史的鬼雨：
半夜推窗發現的苦難年代
我坐下來思想，在我們之前，之後
即將到來的苦難年代，千萬人頭
遽爾落地，一個豐收的意象……
瑪麗安，在旋轉旋轉的童年木馬
在旋轉旋轉的唱槽上，我的詩
我的詩如何將無意義的苦難化爲有意義的犧牲？
我的詩是否祇能預言苦難的陰影

並且說，愛……

蟑螂的速度

伊告訴我地板上有一隻蟑螂時我笑了笑：比一隻還多吧！「爲什麼不打死它？」「它會咬你的書呢。」我竟眞的屈下身子拿起一張白紙開始在書堆間尋找。第一次沒撲中，伊噗哧的笑聲裏我有點惱了起來。下手太慢太輕了，怎麼竟婦人之仁了起來。移開書，等它露出觸鬚，狠狠的猛拍上去，不中，再，不中，再，又不中，伊清脆的笑聲回響着，在蟑螂的盲目奔竄中，我讀出了一種相對於我的右手的，蟑螂的速度。

車行僻野山區

站在雨後樹梢的
純白純白的鷺鷥：

被放逐的叛軍頭子圍在野地祕商
指向工廠、城市的，我的一首詩的叛變

煙

請讀我——請努力讀我
我是沒有手紋的一隻掌
我是沒有五官的一張臉
我是沒有刻度沒有針臂的一座鐘
請讀我——請努力努力讀我
我是沒有銘辭沒有年月的一方
一方倒下的碑

請讀我——請努力讀我
非掌非臉非鐘非碑的
我是縮影八〇〇億倍的一個

小寫的瘦瘦的i
請讀我——請努力努力讀我
我是生命，我是愛，我是不滅的
靈魂，焚屍爐中熊熊升起的一片
一片獨語的煙

眷村

中華民國六十五年七月十二日，天氣晴。
今天早上巷口的李臺生特別地跑過來告訴我
剛搬來的王媽媽、王伯伯他們家是四川人
有飛機模型的周大哥我知道他們家也是
隔壁的高伯伯常拿江西話罵人
（老師說大家都應當說國語）
常來家玩的朱阿姨，朱叔叔會不會用山東話吵架？
媽媽是湖南人，奶奶是上海人

我和弟弟、爸爸都是河北人
老師說有一天大家都要反攻大陸去……

漁父・1977（選）

之1

撈沙石的機器轟轟作響，沒有
可供尋問的漁父。一雙鞋
一雙疲憊的鞋從武昌街步下漢口街復在
長沙、衡陽一帶徘徊、猶疑
天空是古代的雲夢大澤
在夢與現實間選擇了——
兩千年後繼續流放的命運
撈沙石的機器轟轟作響，沒有
沒有可供尋問的漁父。
河的這一帶靠近出海口

卻祇見幾戶養蚵人家
過去是一荒涼的公路站牌
再過去，再過去則是翻山繞海
連綿而至的高爾夫果嶺
（至於我，我祇是一株比天空低，比蘆葦高
啊，偶爾也嚴重自語的落葉木）

撈沙石的機器轟轟作響
在南方的水邊
我祇是岸上一株嚴重自語的落葉木
我甚至，甚至不敢
啊，向不遠處的大海探問

拔劍

日暮多悲風。四顧何茫茫。

拔劍東門去。
拔劍西門去。
拔劍南門去。
拔劍北門去。

那是秋後的一次長途旅行

那是秋後的一次長途的旅行。我們
沿着東福爾摩沙的海岸行走，偶爾
蜿蜒梯田的山谷，忽然進入
雞犬與小孩的村落，在他人的籬圍
與晾衣杆間穿行。
那是秋後的一次長途的旅行：我們
在陌生的田野、熟悉的金黃中穿行
說這就是詩人的家鄉：他斑駁的
鄉愁與夢想……

那是秋後的一次長途的旅行，我們
沿着東福爾摩沙的海岸行走，相對於
大地，耕種自古是四季的主題
相對於天空，浮雲源遠是流放的象徵。
我枯坐車內，在徒然
徒然的思慮中埋藏自己，彷彿聽見
一個發自體內的聲音：
「涼風起自天末。
稻穀已然二熟。
逗留異國的詩人爲何
尚未回來……」

詩人已死！——我讀着
浮雲從遠方運回來的手稿，確信
他一直並未離開故土

涼風起自蒼涼的天末——啊，詩人
死於流放的酷刑
我枯坐車內，彷彿
一名留考落第的學子彷彿
啊彷彿一名遲歸的海外學人在
他的返鄉汽車裏茫然望見：
陌生的田野與
熟悉的金黃……

從基隆到花蓮的航行途中

站在陽光熱烈的甲板上高興張望
海以及天空的顏色，瑪麗安
我聽見人叢中有人說：
他看見了海鳥的盤旋
以及遠處的岸上似乎

有人走動。
我在心裏揣想着，這將是一次充滿愉快的旅程
祇要我們沿着海岸航行
我們將永遠不會迷失方向

（相對於我們的船，瑪麗安，我們離開陸地的首次航行，我們的島是
一塊古老的大陸；而相對於島上方，我們最古老的大陸——我們
最親愛的母親，瑪麗安，我們的島同樣是一艘正在航行的新船，
在她東南的海上。是的，瑪麗安，我們的島是一個年輕的夢想，
一個不移的方向，在海上……）

站在陽光熱烈的甲板上高興張望
海以及天空的顏色，瑪麗安
我聽見人叢中有人說（那是一個小孩）：
他看見了海鳥的盤旋
以及遠處的岸上似乎

有人走動。
我閉上眼（婆娑之洋，美麗之島）
我終於爲我們的島找到了
她在天空下，在大海上的正確方位
我終於爲我們的愛找到了
海一樣莊嚴、博大的表現方式……

啊，我的祖國是一座神祕的電臺

站在盆地中心的一條大街，當
暮色再度降臨，窮途
頓然失去了方向
在城市錯亂的頻道外——
啊，我的祖國是一座神祕的電臺
恆以它惡夜的音色
淒厲的河山

超越冥冥八荒，遙遙招我
彷彿來自臺拉維夫，一名
心存古邦國榮耀的猶太先知
午夜顯現于紐約的機場，高呼：
「聽哪！
啊，以色列人！」
我站在有着奇異燈影的街頭，當
夜晚來臨，以爲聽見了——
我的祖國在遠方
遙遙呼喊他的子女的名字

超越冥冥八荒，超越
這看似新奇卻紊亂的年代
我的祖國也曾是一座散播歡樂的電臺
穿過海峽，帶來最後的勝利與

海島的重歸大陸懷抱。
站在盆地中心的大街上——
啊，我的父母曾聽見那神祕的鄉音
一如我現在親聞的並無二致

超越邈邈八荒，超越
海峽上空封鎖的大氣
如今卻是一種充滿艱難與憂傷的
音波的航行；血與淚
在惡夜的聲爆裏迎風噴灑
（淒厲的山河是唯一的見證與回響）
在到達半途之前
啊，已成冰冷……

空立在大街上，當
夜晚遽爾來臨，海峽在黑暗中洶湧澎湃

城市在它錯亂的類道中自淫的呼喊自己的名字——
啊，我的祖國是一座被暴徒攻的電佔臺
工作人員悉數就戮，喋血鸕鷀的
聒噪代替了人類的聲音
空立在大街上，
「聽哪！
啊，中國人！」
我以爲我聽到了血泊中
那播音員臨死的迫切呼聲
但人車喧騰，那祇是——
失落在市塵中的
山河含恨……

向陽

一九五五—

秋聲

也許是紗窗外那隻唱醒四鄰酣睡的斑鳩吧
今晨的報紙上來了一頁空白的號外
庭院的籬落間一朵猩紅的玫瑰銬着兩副白雲
天空藍得令剛睜起眼來趕路的陽光有點
受不了，斑鳩也眞是的把一株苦苓笑成

那個樣子。愛情是不需詮釋的
但是關於水流其速度必須依靠牀褥決定
在酒杯中可能撈起自溺的高跟鞋

報上說得不錯，如果聽到髮絲與梳子聊天
鏡中騰騰而起的自然便是兩行李易安

原諒吧！如同原諒一尾迷路的金魚
在淺草的缸裏築有夢幻的窩巢
等待着星殞與車禍之同時到來
水泡罷了，然而是新聞之不可或缺
照片也是一種最實用而簡便的餌

於而斑鳩的命運不過嚎嚎兩三聲
至於玫瑰如今移植到鐵柵裏防止偷竊
有些事故彷彿歷史是暢銷的
再版三版四版以至十數版甚至要警告盜印
只是苦苓苦撐藍天的那個樣子眞叫人受不了

盆栽

做爲盆栽，他已覺頗爲滿意
在方圓有限的盆裏，他擁有
自己的領域，擁有陽光、水
以及空氣。且較諸同儕幸運
爲無懼於戶外的風雨他竊喜
站在被保護的窗緣，他謳歌
廣邈無邊的天地，讚頌風暴
雷電之壯麗。而對於被摧折
遍地的花草樹木則嗤之以鼻
較諸粗俗，他寧取盆中長終

絕句

——致尋尋

霧中的樓臺上黯淡的小窗下

輕輕飄唸一聲聲婉約的燈火
在鳥飛已絕跫音不來的夜裏
眸似舟髮如蕘妳的等待若雪

若雪之潺潺自巍巍萬仭滑落
當每一種蹣跚踏每一綹冰冷
妳的手握千帆中綻笑的太陽
向每一個寒寒雨夜靄靄昇起

昇起且自兩岸枯樹的招攬中
悄悄嬝嬝娜娜地以款步躡過
那時燈火亦伴妳如江上風清
山水的抽顫也是另一幅臉紋

臉紋在眾多幽溼陰暗的枝頭
妳清晨於山林的小徑上蹀躞

妳夜裏才默默走回霧失的樓
將尋花的不遇點爲小小燈火

楊煉

一九五五——

天問

——組詩「屈原」之一

太陽

瘋了嗎？輾轉在黃昏的火刑柱上
無辜被擊碎，灼熱是一聲哭喊
纏繩終於從強勁的手裏掙脫
天空踐踏成陣陣暮色——神諭遠去
而六條龍倒下

驟然鬆開
狂暴背後的黑色時間
烏鴉渲染着那個記憶猶新的暗示
無處棲落，孤零零追逐
巨大的呼號在蒼茫沉淪中高懸

此刻應當到哪兒沐浴
死亡指定的方位，緩緩漂移
又一次隱沒，日晷荒蕪了
岩石卻在山巔痛苦潔白着渴望的心
深淵爲每顆失明的靈魂怒放
遣夜晚：渾圓、充血
如慶典

但，它復活了：那瘋狂的，灼傷的
從黑暗吸飲照耀黑暗的威力

星星的正午——它何時起已不是落日
而俯瞰宇宙？

先　知

跪下
心裏掙扎着一個偉大的啟示
像鷹在血污間抽搐，松針在山上
祭壇在少女們殘忍的夢中

就這樣笨拙而赤裸
白晝的捍磨，啄響王子草火紅的憂傷
智慧向天色攀一份無緣的愛情
——翅聲如雨，向大地
但怎能不震驚那威嚴在絞痛
巨石一陣戰抖
山，由此習慣於獨自喃喃

瀑布垂落，攫取迢迢流亡的冷酷
看世界如何從一道峽谷奔放
展開葬禮和史詩

那時，歲月之輪
是否就被這痙攣的手指所凌駕
該公開的無數凶險謎語，執拗攪動
是否就被預言的一觸所粉碎
——在最後一瞬？

司　樂

而當風行水上，腳步是光
浪花是千座閃閃的廢墟
猝然崩潰——緜的憤怒或禹的孤獨
匆匆流成太多的歌舞，匆匆是
無邊的浮沉

總也忘不了夢中那一片汪洋
注定了嗎？漂泊者充滿黑夜的波谷
裸體於死，廻旋於三月
彈撥暗礁向森林索取的綠色
風暴和欲望——那樂曲停在哪裏
海是，騷動是怎樣的寂寞

荒野證實了春天的謊言
鐘聲蔚藍無情，朝世界決堤氾濫
紀念日被一棵蓍草盲目壓倒
來去空空，碑石是宿命的神聖

這祝福，與懺悔一樣
但傾斜到水面的黎明，卻渴望抓住
一個尚未哭成惡魔的搖籃

當又一次懲罰：聆聽者散爲飛鳥
它可會躍起，重蹈天譴？

盟誓

天地一極的黑色混沌
盤旋又盤旋——從未降落或上升
子宮和夢囈中的暴力痙攣
黃金向火哭泣，被求生之手再三熔煉
縱然，魚兒的智慧游遍了陰陽
這世界難道不隨風飄去？

難道不能再一次播撒萬物的生死
找到一位處女，甚至一隻鳥
穿過流血的貞操
從琥珀和寧靜裏突圍

一個姿勢，活着嵌進永恆
一種語言，似乎只有石頭能聽懂
而啟示是一夜驚醒的悲歌
在惡夢最深處，利刃般奪目

這是同一的起源嗎——
那切開中指的誓言切開萬載的黎明
赫赫，肅肅，十二頭猛獸
撕咬日子；人，解脫等候的時辰
隨風飄去，隨風飄落
向四周同一的黑暗，凝聚衝動？

「易經」、你及其他

——作易者，其有憂患乎

六十四卦卦卦都是一輪夕陽

你來了，你說：這部書我讀了千年
千年的未卜之辭
早已磨斷成片片竹簡，那黑鴉
俯瞰世界萬變而始終如一

沒有故土，在陌生人中間
也沒有你那座擱置整個東方的小屋
黃昏永遠不知道第幾次瀕臨死亡
被雕出面孔的石頭
迷失於自己內部更深沉的夜
一羣痲瘋病患者殘缺，又眺望

字和字緊咬着，永恆是銅壺中的謎
點點滴滴，注定的時刻
惡夢掘成最後一個棲身之所
龜甲碎裂，失傳的歷史嵌進新聞

古猿再次占領人類的話題
而神，都把腦袋塞入不男不女的褲襠
爲表演痛苦、或偷偷窺測
那黑暗中萬物存在的陰險目的

六十四卦卦都在怒吼之外顫抖
你被自己流放，仿效着野獸
超越，無非避開人羣像避開一場瘟疫
預言在風中蹣跚行走
向每一扇門伸出勒索的手

給所有讀這部書的嘴打滿補釘
月亮和大海同樣盲目，隕落或升起
浸透謊言，像一條自如的魚
深淵忽略着時間，你從皮膚開始
傷口用屍布纏了再纏

當猝然發現，心也是一隻黑鴉
你，你的等候，又已千年

羅智成

一九五五—

我們未來的酒坊的廣告辭

極可能，我會是個迷上名伶而爲她奢華的那種詩人
極可能——但我想應該不會——我會是個因追求她未遂而
敵視一城藝術的人
我會捂着酒杯，幽然而嚴肅地說：
「關於那聲名狼藉的女子，
你不該以她來衡量我——該以我來重估她。」
極可能——可能就是了——我錯了
但誰敢在我戀愛的國土上說，說他是對的？
W每夜來酒坊演他的劇本，說：「她敢。」

L說：「她對，他就對了。」L新換了銀邊眼鏡
全城哲學第一教席L
那夜打烊時，R走過來重複他的詩句
語氣充滿祝福：
「所謂時間的壓迫感
是我們太多的愛。」

賦別（談孤寂）

於是，我背着畫架，到阿爾及利亞當傭兵去了。
因爲，我在荒原上遇見全世界另一個孤獨的人，她不承認
於是，我黯然脫出她的懷抱
在雨停的雨天。
我的心像震裂的杯子，不能再碰觸任一種風情。
否則，我將潰散了我風般逃遁的行色。

我獨自留在室內，耐心地，仔細地重建被女孩翻倒的我形象的積木
充滿哀戚——啊——我眼眶裏一種重瞳的感覺
我不時地自言自語，以緩和獸般傷口，一直到，而所有的寂寞像衝進
　客廳的推土機
於是，我提起畫架，把我的視線躊躇於遠方。在雨停的雨天
執手相看的，是涼馴的倦意

我的離去，一如花的種子
但如果它落在，不是醇厚的土壤上。
呵，我怎麼能夠忍受，我怎麼能夠忍受我的離去沒給妳留下一些憾事
或悲傷呢？

蒹葭之3

風
冷冷地向我們取明的燭火瞥了一眼

那乍暗而未復明的一瞬
妳華麗的愛情
驚惶地向我探詢
「聽，」
我說。
風吹奏着羣山……

漲潮

——野柳夜聽濤

漲潮，是整個星球的事
它把我們和地球金碧的背面
牽在一起了。
在大海的終點的防波堤內

我們懾於古墓的深邃
守着最上一級臺階

「這些輕微的波浪和泡沫
也是來自那永無休止的
心臟、電廠嗎？」
「啊不！
這是一種相沿成習的
喟歎……」

在視線的狹巷盡頭
只有泊船騷動
貓在我們夢境裏空曠的晒網場
來回走動
眼睛在黑暗中照射

那年我回到鎬京

那年我回到鎬京
繞過文人的筆墨、浩瀚史籍
在怨謗指陳的事實裏
那些使我靈魂楚痛的線索……

倦坐田疇
不可挽回的時間
在這塊版圖上進行了永久的隔絕
相似的眉目，稠濃的血水和傷痛
可以抹飾卻無法契黏瓦與塑膠
成爲那被固執着的文明圓滿的瓶狀。

那年我回到鎬京

爲寂靜的歷史印象
造訪一些絕滅了的鄉音；
我們席地而坐
話題不外小米、粗布和祭儀
他是訓練有素的貴族
爲貧瘠的封邑自豪。
對子民有生疏的善意……

在他善意無法具觸的
十室之外，那年
我回到鎬京
在卸了場的舞臺上
摺起英雄色彩的遐想
正如預期，也沒有弦歌的聲音

版築之間

壞疽的老者說：
「我們只是多了一口氣的泥俑
煙硝與姓氏的背景。」
「命運太強橫
奮鬥太迂遠
在人性與雨量的變率中
我們只能馴良地
沙質或石質地死亡……」

在時間的溝壑中
懷遠者，虛擲……
爲了不實的擁有

那年我回到鎬京
路上遇見一些溫和，遲緩
年輕的男女祖先

「鎬京?」妳失聲而問
「就在那,」我知識中的陶器贋品
「三兩貧戶棲息的土崗
猿猴侵佔的廟窟
旱雲高踞的樹椏……」
它無可挽救地遙遠……
眼前的,因此也是無可挽救地遙遠。

哥舒歌

那夜
契丹人下了馬
倚着月光
逐字讀他的傷口;
零亂的氣息圈點
汗漬的扉頁凝血的甲

湧生的藤不可辨識的草書
題殷紅的花。

沿着化膿的版圖
血阡陌於抽搐的肌膚
像闖進眼睛的砂
那夜契丹人下了馬。
淬毒的目光被拉滿的弓射出
卻頹然落地
劍眉才出鞘
又讓皺緊的額頭按下。
僨張的筋脈像附骨的箭桿
委頓的鬚髭是承不住落雁的
蒹葭

那夜

契丹人下了馬

當戰鼓
被聾了的耳甕封存
兒時的歌
被傷口們傳唱
黑雲泥濘的腳步踏進天空
月光寫在兵鐵上寒綠的詩句
被歷史任意塗改
那夜契丹人下了馬。

那夜契丹人下了馬
驍勇的獵人受寵的浪子
掩着涕淚糾結的面頰
喪命在記憶喧嘩的隴上
鷹隼已死

遠處狡兔磨牙。

耶律阿保機

但耶律阿保機比他同父異母的兄弟們更驃悍
扯住馬鬃一口氣就追上
落下的那來不及被許願的
滾燙的星星；
徒手搏鬥十個好手
像和寵妾周旋
有時逆着風
把風跑出一個大窟窿

他喜歡暴飲暴食和運動
用勁拍人家的肩膀
睡覺打鼾

興致好時不在行地歌唱
偉大是足以承擔缺陷的
那些並不傷害他的仁慈、詭黠與
從容

一面叫韓延徽他們出點子、搞漢化
一面用新推行的契丹大字寫他
白話的情書與戰書
「太陽底下至高無上的老子皇帝問候某某某」
信總是這樣開頭。

常把孫子和孫子的玩伴扛在肩上
讓骯髒的手印蓋滿
金織的朝服
呵他們的癢
用笑聲鍛鍊這些壯碩的小狼。

總是整齊地把地圖捲好
並向地圖或別人視線以外的地方
張望。
總是幫自己這個想法攻打上個想法
當他悶坐軍帳沉思
像入地三尺的界碑
連時間也躊躇不前
因爲他目光比前凌厲
被射中的人只有屈服和
戰慄

但耶律阿保機是寬大的
——那是強者
才能享有的德行
——所以他也不曾把皮鞭放棄……

每一天，北地酷虐的風沙
剪着夕陽的金指甲
無懼那文明初啟時的孤獨
耶律阿保機領着愛馬的族人
在中國早衰的歷史
留下深深蹄印
偶爾也包含擄掠廝殺

「偉大總包含着
渺小的人格所不能承擔的
衝突與雜質。」
隊伍前頭
他對後生們吹噓
眉飛色舞，一邊，在他們的血液裏
抖擻前進……

夏宇

一九五六——

甜蜜的復仇

把你的影子加點鹽
醃起來
風乾

老的時候
下酒

詩人節

詩人節

唯一不想做的事
就是寫詩
頭髮該剪了
厚衣服該收箱了
要好好寫一封信
想一想到底要不要結婚
最好能睡個午覺
席子是一種薄荷的涼
或者是不是該生一個小孩
屋裏有一種氣味
玉蘭花、杏仁
L. Cohen
混合吉他：
「你的敵人睡着了
而他的女人醒着……」

他會幫我吃完餃子皮
以及鹹鴨蛋的蛋白
他抽煙的樣子很好看
他喜歡講笑話
但應該還有更好的理由
善男子及善女人
我不應該再掉眼淚了
整個地球
已經有十分之七是海水
而且爐裏的水開了
先沏一杯茶
他來電話：
「嘿我們來做點燦爛的事吧。」
軟
可口
容易消化

他的嘴唇
他說的話
但是水開了
得先沏一杯茶
「有了埃及尼羅紅魚
今生今世寧爲女人」
那只是廣告
而且我必須先洗一個澡
總而言之
詩顯得太奢侈了
而且
有點無聊

情殺案

我深怕

在我偷偷寫着你的名字的時候
突然就死了
於是
世界知道了他們不該知道的

並且以爲那就是最後的
而他們自己
顯然是最了悟的

寫你的名字
只是爲了擦掉
但我深怕
來不及了
於是一切都發生了

而那時

你把煙蒂按熄
從凹陷的躺椅中站起
灰藍的襯衫打着
慵懶的皺褶
在街上
閒閒的走
閒閒的走
紅燈亮了
緩緩停住——
灰藍
已經到達憂鬱的極限
爲我所深深愛悅
喜歡

歹徒甲

但他實在是一個好人
只不過寫了一些壞詩
但，「所謂眞實」，
他把聲音壓低
充滿
莊嚴的歉意：
「詩的缺憾源於生命
生命不
不曾圓滿。」
但眞的
是一些壞詩
押韻的壞詩
但他繼續寫

怎麼辦
那是他道歉的方式

姜嫄

厥初生民
時維姜嫄
生民如何
克禋克祀
以弗無子

詩經生民

每逢下雨天
我就有一種感覺
想要交配　繁殖
子嗣　徧布
於世上　各隨各的

方言
　宗族
立國

像一頭獸
在一個隱密的洞穴
每逢下雨天

像一頭獸
用人的方式

隨想曲

一隻螞蟻在大提琴的隨想曲中
走過一行字：
宏大的生活視野及全盤的美學手段

（然後橫走：）

上帶逼（資 6

下通

並

、

情

記上

5

上椽奘，

節目單

讓我來說一件事
用你們喜歡的
象徵的花說吧
重要的一件事
就用你們引以爲傲的
蠟燭來說好吧
用影子
花一整夜看守着的

（他們在拍賣一隻熊和整套的鼓，
過路的人走近卡車拿起鼓棒試音
。熊在獸檻裏走來走去，一頓吃
三十五個鷄頭《鷄頭堆在臉盆裏

，睜一隻眼閉一隻眼，全有着和
善的煮熟的嘴》
過了不久，他們都當兵去了。）

不妨用劍，甚至火柴
蟋蟀和雪。再不濟，還有
這張椅子，唉這張
節制壓抑的椅子
坐着自暴自棄的你
吹着一曲走音的笛

（送行的人回到家裏
寫日記　餵狗
抽煙　自言自語
吃葡萄
吐葡萄皮）

該怎麼說一件
如此重要的事情
帶着少量的
善意的追悔
佈置體面感傷的氣氛
喉節和舌根之間
微微起伏　恰當的
熱度和濕度
兩排憎惡的
牙關後面

（我夢見我愛上一個爵士鋼琴手用
即興的音符爲我冗長的情詩伴奏
有婦人在街頭兜售花朵花香使得
我們無可返回了並且集體來到雖

已被識破但不惜一再重複的且仍
然驚險扼要的決定命運的關口）

莫札特降E大調

我轉過身。
感覺禮拜一新刮好的臉頰輕輕
擦過左邊的肩膀
最最親愛的局部
最最重要的現在

顧城

一九五六——一九九三

如期而來的不幸

如期而來的不幸
並沒有打倒
那個悲哀隊伍前講話的人

他們的旗幟拖在腳上
他們的眼前有重重夢影
所有象羣都向教堂開去

衣服的、舌頭的、鮮花的
暴行

人始終在膽小的哭泣
從空地一直伸向海濱的樹木

狠　拿

那些容易打開的罐子
裏邊有光
內壁有光的痕迹

忽明忽暗的走廊
有人披着頭髮

從犯

你總是在看外邊的世界
你的腳在找拖鞋
你結婚了
有一塊黑色麥地
你在夢裏偷過東西
你又看看外邊的臺階

敍事

三個人從戰場上逃跑
他們用樹葉調酒，把子彈晚上送人

他們走過綢布飄飄的集鎮
後來，就來了憲兵
他最後一個被拖過廣場
黑頭髮像夢
黑頭髮像夢遮着眼睛

車輛

你讀的那個人
在穿衣服
你把反光照進內室
你們同時淹死在鏡子表面

空襲過後

空襲過後
我們又開始談論詩歌
地濕濕的
到處是打碎的茶具

這時你走進來
提着沉重的草籃
你給我帶來食品
金黃的蜜和麵包

在你死後兩個星期
我就在戰場上死去
一種碧綠的草

封住了我的戰壕

周末

災難像一個箱子，倒在地上
城裏再沒有馬車
沒有一個消息，從我們身側輾過
使我們變成新鮮的玫瑰
城市裏再沒有別的東西

在陌生的街上

在陌生的街上
有許多人跳舞
跳得整齊而莫測

使我無法通過
由於長久的等待
我變成了路牌
指向希望的地方
沒有一字說明

劉克襄

—一九五七—

記憶在穀倉

你或知道誰睡在穀倉裏
清晨沿野草莓的水壩離開
樹籬間，猶有稻草桿散落

我尾隨一隊登山者的去向
直到松果林區默坐
黃昏時有野煙飄出溪谷
我可以感覺他們回頭，抵達
露濕的草原，甚至忘了疲倦

是的，他們一定砍足松枝
造晚秋的營火，是的
美麗的草山夜晚，他們很快睡眠
我披毯倚潮濕的腐木，現在想起
你去了穀倉，拾好薪枝
有炊煙有鷄鳴，可能
也下雨了

在這山谷，清晨時分
好冷好冷，我冒着霧雨，穿林
沿溪而行

狗尾草

二月冬殘，冷雨仍未過

那夜，沒有人敢出門
還是村裏的阿土伯他們去廣場
噙着淚水，抬你們離開
那麼多人，也不知道是不是你們
他們藉星光偷偷探路
默默回到芒草與卵石的烏溪
在那裏挖好十幾個坑
在遠方野狗的嗥聲中
希望你們安心睡去

狗尾草年年自你們的墳上長高
我又帶鐮刀與孩子抵臨，他已讀小學
假如你們健在，孩子也該這麼大
他總是問我爲什麼每年來
眞擔心，孩子長大後會明白
我繼續在你們面前放一束白菊花

每回都不知要說什麼話
往昔總是縈繞在我腦海
那一天，你們說我是讀書人不要去
你們去了都沒有回來

二月冬殘，野地朔風大
孩子吵着要回家
我要帶他們離開了
狗尾草在背後刷刷響
阿雄君，阿信兄啊
每次我都想回頭看看
是不是你們回來

抉擇

這是一個焦慮的年代

反抗與逃避隨時發生
我曾經放棄工作
獨自旅行西海岸
追隨自己觀察的水鳥
從一處海岸飄泊到另一處海岸
我未曾遇見年歲相仿的朋友
只有學童的遠足遙遙抵臨
或者偶爾垂釣海邊的老人

今晚，我像往昔的旅行
再度離開城市
我仍想回去，模仿沉默的人羣
只要從事遠離政治的職業
最擔心跟過去一樣
繼續抨擊執政當局
然後，因了意識型態的爭執

彷彿在追尋眞理
如同每個革命靑年的徘徊
從一家政論雜誌換到另一家

前幾日，經過遠南
許久未見的同學緊緊擁抱我
介紹他新婚的妻子
他的孩子叫我叔叔
那一晚，我也失眠
跟現在一樣，煩惱複雜的人生
卅歲了，未婚的我
猶疑在時代的劇變裏
我只好藉旅行的疲倦來忘記

今晚，我繼續非常非常疲倦
眞想爲自己安排

從此去一個遠遠的邊陲安定
又不情願啊……

碉　堡

碉堡中，他從褲袋裏摸出一顆彈珠
暗綠而透明的小珠
罅隙的壁孔，光
一隻燕鷗貼着海面掠過
去那裏了
突然深長而陰濕的洞窟飽漲
向另一個世界通去
昭和廿二年。山洪
沒有河岸的溪
嫖妓。四色牌。瞎眼的祖父

回到三張犂的土房編織竹器爲生
組黨。解放。中分頭的父親
遠在高爾基故鄉一萬里外的小島流亡
改道的溪水仍在河牀
彎過一個沙岬後，消失於另一條溪中
一個小村落，一個黑毛的胎兒出生

海洋之河流

在下個世紀，我將如罹患絕症的父親，彎着年輕時卽微駝的背，乾瘦的手臂青筋浮凸，突起的顴骨面肌緊繃，兩頰也被許多的憂患拉扯，陷落下去，只剩眼睛，流露過悲淒神色，仍大而明亮。那時，他突然遠從家鄉北上，前來探訪孩子，坐了一個午茶的時間，又搭車匆匆南下。

這是一個反叛過自己年代的人，老是把手插在褲袋，老是望着天空。海洋之河流，大陸的島嶼。

請還我一個每天只停一班火車的小站，一條清晨時鵪鶉母子悄悄走過的石子路。我的家在不遠的墳場旁，稻穗鋪曬在廟前的廣場。我在溪邊戲水，哼歌，聽到上面的木橋咯咯，小學教書的父親提着釣桿，永遠的走過。

陳克華

——一九六一——

否認

今夜我又前來否認與你不絕的思念
否認種種從前你所熟悉的傷懷方式。在午夜
銀百合盛滿月光的當兒，蟲鳴皆寂靜
你盈握着睡意，足下兩朵紫蓮自水中昇起
波上我微喘着潛泳，如受詛咒的蛙
我是溯源的鮭魚，於窄隘的溪澗深處
反復翻騰大海的氣勢。你感動了？喔不，不
你抱歉着收回你的視線，果實在枝間起了顫動
酢醬於樹下成羣合抱，你昂然的側影此時

竟也游移起落水的姿勢，陣陣夜雨輕輕襲打過來
如潮起伏在你牀褥，你屍白的胸脯的河牀
我游着游着游遠了，便望見墨黑的殘荷叢裏棲着
暗笑着的夜之精靈——成形的錯誤自葉緣滴落
叮咚有聲地響自你的眼底。你感動了？喔不，不
你盈握着睡意，躊躇着一個較明麗的夢域
你問還能有更多動聽的故事聽嗎？還能
再否認那處水藻編成的陷阱？我默默拾起
我死去已久的魚身，落脫的鰭鱗
沫濡的雙唇，再躍身成一淒絕的典故
於一首晦澀的七絕中。你感動了？喔不，不
讀着讀着你終不解地睡去，這厚重的水經
注裏我是一條孱弱的銀蠹，終其一生
也無法吞噬一道風景，甚或一小條支流，
江水又東，終於海洋的渾沌。你感動了？喔不，不
你不過醒來抱歉着，並連忙否認起

所有夢境有我

拾囘集

一　陷阱

終於又一位天使踏中機關。
我埋葬了十六對目盲的青鳥和
二十三隻瘖啞的小羊
在祂的墓旁，我埋葬了
我的初戀

二　陷阱

每晚我守在水邊
汲水的精靈們都避開我
只在遠遠的草叢裏弄起小小的浪——

祂們在計畫着末日前荒誕的嬉樂
祂們原來，也和我一樣
畏懼陽光
和審判

三　地久

我在你雙眼自睡中初開
又倦然闔去
的刹那，跑去看你
——直直望着，心想
或能就在這時候鑽過你
長長的瞳道
直探你昨夜的夢境

鐵實驗

悄悄我在你體內置入一顆發光的
鍅元素。當相衝突的
兩道血流在你邏輯迂迴的軟體裏
初次遭遇，額頭陷入了長考
鼻子觀測心靈
有一座迷你的星系圍繞思想的鉛筆，
終夜打轉，啊是否
遽然發光的左右大腦半球
暗示着地球本質的從此撕裂
當毒癮發作的知識份子亟於選擇一道潮流
跳入，幽浮撞毀在十字路口
旅鼠於城市廣場聚集
午後的祭神儀式裏
精液驟下如雨——
這世紀末最大規模的祈雨呵
心靈交會的電流紊亂

我看見，悄悄拔下插頭的人世
漸漸沒入一種看不見的黑暗裏
空洞的建築只有
衰竭的心音迴盪其中，我也不問
你胸中是否有愛——
只有那顆錢元素　讓我輕易
在遠隔着一百場核爆與酸雨
之後
將你的屍骸
輕易辨識。

回答

寫給顧城

你痛了嘛　有多痛呢　還忍得住嘛　這痛
我遍尋不着傷口呵

我踩亂了小小的藥園
採來了昨夜初發的杜若和石竹
在遠行前的晚天，當悽惶奔走的鴉都倦了
你只是靜靜點數行囊裏收存的寧靜和風暴
眸子迴避着眼淚，意志逼退了時光：
「讓我先尋得一處冬天永遠無法襲擊的草原，
安置你，以及你豢養的詩的小羊……」
而那永不能痊癒的想望
該由誰來尋得一個藉口結束他呢
結束起一個靈魂枯寂的想像和等待——
你終究沒有提醒
這陰霾廣大的世界忘了曾經答應過一隻螢火蟲
讓渴睡的都得到一張眠床和夢的懷抱
讓前行的一隻火把，跌倒的一個吻
讓想飛的擁有翅膀和遠方
讓受着痛的，一個回答。

林燿德

一九六二——一九九六

聽妳說紅樓

聽妳說紅樓
我卸下防風的墨鏡
讓古典在臉上凍結小雪
在兩鬢凝霜
走入失落的年代
妳藉語言的磚瓦重建陸沉的苑囿

「那精巧纖細的愛情
的確是刻在米粒的背面」

我輕聲地回應

悲愴說

「當我們在雪最深的谷底顚躓地相遇我紫色
的心智攜帶着妳全部的金色正凌躐下一個
朝代世界至高的峯頂這種雙重立案的唯一
名號喚做：悲愴」

一 白堊時代

戰爭之前，我流浪於輕輕打盹的羣山之際
亞熱帶太多的綠使我嚴重地過敏
久已放棄獵人的身份了
我想像着下一次的敗退
翻過雪嶺
在巖洞中靜靜望着自己沿途滴下的血斑

純白的視野裏
殷紅的虛線幻化成紫色晃動的魚羣
泅泳　向我發熱的視網膜不斷逼近
（潛隱的敵人正將他們的陰影緩緩籠罩
我舔舐傷口的靈魂）

悲愴
在白堊時代進行一場最孤獨的戰爭
這是一個連預言都要敗落的未知紀元
不恥告白的我
終究爲了身爲先知的宿命而遭圍剿
戰敗　並非僅僅是一則神話
而是一套治療自瀆的鐐銬
即使自己的血將整顆星球的白堊都染成赤土
我依舊是一枚撞針
隱伏在未來的炮身裏

是的　下一個斷代
必然屬於黑色的曇花

二　白銀紀元

當妳以左手挽緊我的右臂
我殘存的左翼與妳新生的右翼
便可架構起一組微妙的平衡系統
一齊拍擊大風
飛越那廣邈的盆地

讓我們進入超級部落的領空
看那些藏着銀色面具的族人
在銀色的街衢默默穿梭徘徊
進入一道門　又自另一道門踏出
一道又一道的門
開啟着各式各樣環環相套的牢獄
悲愴　沉澱在銀色都市的表層

銀色的建築銀色的塔銀色的悲愴
我們看到的白銀紀元
是一朵不斷綻放不斷
張開的
黑色的曇花

三　紫玉王朝

有別於黃金王朝
(那曾是我們永恆的童年與不朽的遊戲)
紫玉出土
我們建立起最小也是最大
最貧寒也是最尊貴的王朝
踩着全宇宙的悲愴
即使相隔十個星系
那宮殿依舊落基於我們冷靜的睡眠

曾淑美

上邪

——一九六二

上邪
　蹉涉宿命的河流
　呼喚你，彷彿
　你是我最親愛的前世
我欲與君相知
　依稀你是我
　流浪未竟的今生：
　飛行且哀愁的時日，雨水自懷中墜落
　我微弱的體溫能否向你的衣袖

取暖？

長命無絕衰

你的衣袖雪好深啊
我跪伏在晚霞的餘溫裏
生病，惦記來生的美麗：
你走近春日海洋，一瞥之間
認出我純白的羽翼
那就是了。化雪後
陽光重新溫慰花朵
我們將一再重逢

山無陵江水爲竭

難道我的誓言
必須援引山水爲證嗎？
當痛楚的胸臆中止呼吸
如山脈無有起伏；
流淚向你奔去

不惜江水自眼中涸竭！
請不要疑惑，請愛我更多。
多雷震震夏雨雪
我們在多天穿插雷聲
夏天降一場大雪
一切不合時宜只因不忍
季節逝去如此流暢
天地合
我愛你至於心碎
乃敢與君絕

鍾偉民

一九六二—

幾片碎瓷

一

上了門，就棄幾個舊瓶子於門外
你問，那就是我昨日的戀嗎？
我還顧空洞
但潔淨的屋子，說道：都忘了，如今
我能想到，且願意爲之落淚的
便只有那早夭的鸚鵡，牠死的早上
剛剛長全了雪白的羽毛

二

華屋投影池上
枯葉於屋頂浮沉
一切眞與幻，可觸與不可觸
漸能辨識
人生並不如夢，都醒了
只是醒得太早
有點累，有點惺忪

三

在這樣的城市，活久了
就漸漸分不出眞的檜樹
跟塑料的檜樹了
總之，關了燈，月光就不住灌澆
甚至濺濕了我們的枕角

哭了？我問
你搖搖頭，只是溫柔地躺着
那樣貼近我曾經馳騖的心
我撂下印有我詩稿的晚報
那沒有根柢的詩
粉飾過一些女人的夢
像沒有根柢的樹
粉飾過一些節慶：到如今
詩中，枝枝節節扭曲了
樹上，枝枝節節也扭曲了
落到牀上的，只根根扎人的針葉
而明天……而明天
你也要走了
我只能鬑鬑你的耳垂，說：出門前
別忘了把今夜的月光抹掉

四

太多的訣別
太多的離愁
心，便像一張打過太多孔洞的車票
失了效，且不能再印記什麼了
昨日隆隆遠去
我只想起
玻璃上斜斜掛着的水珠

五

如果青春也是一隻易碎的瓷瓶
那麼，瓶中的花，我的確
用心養過，用酒澆過；且以爲
那是人間最美麗的花朵
但風來夢醒，驚見

牀邊亂瓣：一片長蟲
一片霉壞，一片已無花氣……
於是，我縱聲笑了
且以瓶當杯，向窗外羣山
乾盡那用花瓣沏的
不知什麼味道的茶

羅葉

一九六五——

作家、樹與果實之夢

當萬點金陽自葉隙風鈴般灑落
我們的作家站在足將視野遮蔽的
廣瀚林海中的一棵樹之前
瞻仰無數果實的垂掛

一顆水果如何生成？他思忖
且認定身前身後的果實彷彿
正閉眼沉思該以多少比例組成自己
而果實們不理會他，以及
樹枝樹葉，不理會我們的作家

於是作家按自己的經驗與想像
製造水果：梨子、楊桃、芒果……
而梨是鹹的、楊桃橢圓、芒果有殼
我們的作家失望地睡着了
卻覺得比醒時更加清醒
他看見自己——我們的作家
站在平野中的獨立樹前凝視
作家凝視平野中唯一的樹
他走向它、走進它
而作家就變成了這棵樹
由粗而細而密，許多枝幹
開始自他四肢向外延伸
自然生出一片兩片三片四片
數不清多少而不多不少的葉子
終於我們看不清作家了
而他在每一片葉子裏對我們微笑

他爬上樹梢八方眺望
泅至根尾感觸土地的冷暖
以及樹幹、樹枝、樹葉、樹皮
各角落領受萬物訊息之處
他到那裏傾聽、閱讀……
而我們看不見作家，我們不知
我們只能想像一顆果實逐漸成形
包藏許多祕密、感情與等待
我們能夠想像，其實我們想像不出
一棵樹如何默默傾注全身之力
產下自己的嬰兒——一顆果實
會呼吸、會成長、懂得
隨時序變換不同的衣着
形狀無所謂形狀，色澤
無既定色澤，滋味無獨特
選擇而自成獨特——如斯呈現

垂掛，以飽滿的凝肅存在
而這時作家就躲在果實裏
等我們摘採，咬上清脆的一口
而每雙仰望的手都採擷，咬上一口
而果實仍完好存在——多奇妙的水果
那滋味你能形容，但永遠形容不出
而你永遠再咬上清脆的一口
而作家卻從枝幹從萬葉中走出
將他老邁的樹身砍掉將他
乾癟的果子砍掉將自己砍掉
化為枯枝乾葉一般的肥料
至此我們獲得了果實，失去作家
或者說作家原本就該失去
而我們的作家就此醒來了
身旁一顆因成熟墜落的果實
他想着自己大概被果實擊中

被夢擊中，此刻撫揉微痛的
額頭而若有所悟……

詩集選目

沈尹默　秋明集（一九二九）。

胡　適　嘗試集（一九二〇；一九二二）、嘗試後集（一九七一）。

郭沫若　女神（一九二一）、星空（一九二三）、瓶（一九二七）、前茅（一九二八）、恢復（一九二八）、沫若詩集（一九二八；一九三二）、戰聲（一九三八）、鳳凰（一九四四；一九四七）、蜩螗集（一九四八）、沫若詩詞集（一九七七）。

陸志韋　渡河（一九二七）、渡河後集（一九三二）、申酉小唱（一九三三）。

徐志摩　志摩的詩（一九二五；一九二八）、翡冷翠的一夜（一九二七）、猛虎集（一九三一）、雲遊（一九三二）、徐志摩詩集全編（顧永棣編，一九八三）、徐志摩詩選（楊牧編，一九八七）。

宗白華　流雲（一九二三）。

王獨清　聖母像前（一九二六）、死前（一九二七）、威尼市（一九二八）、獨清詩選（一九三〇）、零亂草（一九三二）、鍛煉（一九三二）。

俞平伯　冬夜（一九二二）、西還（一九二四）、憶（一九二五）。

聞一多　紅燭（一九二三）、死水（一九二八）、聞一多諸作家遺佚詩文集（梁錫華編，一九八〇）、聞一多青少年時代詩文集（郭道暉・孫敦恆編，一九八三）。

冰　心　繁星（一九二三）、春水（一九二三）、冰心詩集（一九三二）。

李金髮　微雨（一九二五）、爲幸福而歌（一九二六）、食客與凶年（一九二七）、異國情調（一九四一，詩文合集）。

廢　名　水邊（一九四四，與開元合集）、招隱集（一九四五，詩文合集）、馮文炳選集（馮健男編，一九八五）。

林徽音　林徽因詩集（陳鐘英・陳宇編，一九八五）。

梁宗岱　晚禱（一九二五）。

朱　湘　夏天（一九二五）、草莽集（一九二七）、石門集（一九三四）、永言集（一九三六）、朱湘（孫玉石編，一九八三）。

馮　至　昨日之歌（一九二七）、北游及其他（一九二九）、十四行集（一九四二）、西郊集（一九五八）、十年詩抄（一九五九）、馮至詩選（一九八〇）。

臧克家　烙印（一九三三；一九三四）、罪惡的黑手（一九三四）、自己的寫照（一九三六）、運河（一九三六）、從軍行（一九三八）、泥淖集（一九三九）、淮上吟（一九四〇）、向祖國（一九四二）、古樹的花朵（一九四二）、泥土的歌（一九四三）、感情的野馬（一九四三）、國旗飄在雅雀尖（一九四三）、十年詩選（一九四四）、生命的秋天（一九四五）、民主的海洋（一九四五）、寶貝兒（一九四六）、生命的零度（一九四七）、冬天（一九四八）、一顆新星（一九五八）、春風集（一九五九）、歡呼集（一九五九）、凱旋（一九六二）、憶向陽（一九七八）、臧克家詩選（一九七八）、今昔吟（一九七九）。

戴望舒 我底記憶（一九二九）、望舒草（一九三三）、望舒詩稿（一九三七）、災難的歲月（一九四八）、戴望舒卷（瘂弦編，一九七七）、戴望舒（施蟄存・應國靖編，一九八七）。

李廣田 漢園集（一九三六，與何其芳及卞之琳合集）、春城集（一九五八）、李廣田詩選（李岫編，一九八二）。

曹葆華 寄詩魂（一九三〇）、落日頌（一九三二）、靈焰（一九三二）、無題草（一九三七）。

蘇金傘 地層下（一九四七）、窗外（一九四九）、鷓鴣鳥（一九五七）、蘇金傘詩選（一九八三）、家園集（一九八六，與詩友合集）。

羅大岡 無弦琴（一九八七）、破盆中的玫瑰（一九八七，法文詩集）。

卞之琳 三秋草（一九三三）、魚目集（一九三五）、漢園集（一九三六，與何其芳及李廣田合集）、慰勞信集（一九四〇）、十年詩草（一九四二）、翻一個浪頭（一九五一）、雕蟲紀歷（一九七九；一九八二）。

艾　青 大堰河（一九三六）、他死在第二次（一九三九）、向太陽（一九四〇）、曠野（一九四〇）、火把（一九四一）、北方（一九四二）、反法西斯（一九四三）、黎明的通知（一九四三）、獻給鄉村的詩（一九四五）、歡呼集（一九五〇）、寶石的紅星（一九五三）、艾青詩選（一九五五）、黑鰻（一九五五）、春天（一九五六）、海岬上（一九五七）、歸來的歌（一九八〇）、彩色的詩（一九八〇）、落葉集（一九八二）。

林　庚　夜（一九三三）、春野與窗（一九三四）、北平情歌（一九三六）、林庚詩選（一九八五）。

陳夢家　夢家詩集（一九三一）、在前線（一九三二）、鐵馬集（一九三三）、夢家存詩（一九三六）。

鷗外鷗　鷗外詩集（一九四三）、鷗外鷗之詩（一九八五）。

何其芳　漢園集（一九三六，與卞之琳及李廣田合集）、預言（一九四五）、夜歌（一九四五；一九五〇）、夜歌和白天的歌（一九五二）、何其芳詩稿（一九七九）、何其芳文集第一卷（一九八二）。

辛　笛　珠貝集（一九三五）、手掌集（一九四七）、辛笛詩稿（一九八三）、印象・花束（一九八六）、九葉集（與八位詩人合集，一九八一）、八葉集（與七位詩人合集，一九八四）。

覃子豪　自由的旗（一九三九）、海洋詩抄（一九五三）、向日葵（一九五五）、畫廊（一九六二）、覃子豪全集（三冊，一九六五、六八、七四）、沒有消逝的號聲（周良沛編，一九八六）。

紀弦 易士詩集（一九三三）、行過之生命（一九三五）、火災的城（一九三七）、愛雲的奇人（一九三九）、煩哀的日子（一九三九）、不朽的肖像（一九三九）、三十年集（一九四五）、在飛揚的時代（一九五一）、紀弦詩甲集（一九五二）、紀弦詩乙集（一九五二）、摘星的少年（一九五四）、無人島（一九五六）、飲者詩抄（一九六三）、紀弦詩選（一九六五）、檳榔樹甲乙丙丁戊集（一九六七至七四）、五八詩草（一九七一）、紀弦自選集（一九七八）、晚景（一九八五）。

方敬 雨景（一九四二）、聲音（一九四八）、行吟的歌（一九四八）、受難者的短曲（一九四九）、拾穗記（一九八一）。

李白鳳 北風集（一九四九）。

吳瀛濤 生活詩集（一九五三）、瀛濤詩集（一九五八）、瞑想詩集（一九六五）。

陳敬容 交響集（一九四七）、盈盈集（一九四八）、老去的是時間（一九八三）、陳敬容選集（一九八三，詩文合集）、九葉集（與八位詩人合集，一九八一）、八葉集（與七位詩人合集，一九八四）。

穆旦 探險隊（一九四五）、穆旦詩集（一九四七）、旗（一九四八）、九葉集（與八位詩人合集，一九八一）、八葉集（與七位詩人合集，一九八四）。

周夢蝶 孤獨國（一九五九）、還魂草（一九六五）。

綠原 童話（一九四二）、又是一個起點（一九四八）、集合（一九四八）、從一九四九年算起（一九五四）、人之詩（一九八三）、人之詩續編（一九八三）、另一只歌（一九八五）、白色花（二十人集，一九八一）。

羊令野　血的告示（一九四八）、筆隊伍（一九五二，詩文合集）、貝葉（一九六八）、羊令野自選集（一九七九）。

林亨泰　長的咽喉（一九五五）、林亨泰詩集（一九八四）。

鄭　敏　詩集一九四二—一九四七（一九四九）、尋覓集（一九八六）、九葉集（與八位詩人合集，一九八一）、八葉集（與七位詩人合集，一九八四）。

方　思　時間（一九五三）、夜（一九五五）、豎琴與長笛（一九五八）、方思詩集（一九八〇）。

夏　菁　靜靜的林間（一九五四）、噴水池（一九五七）、石柱集（一九六一）、少年遊（一九六四）、山（一九七七）。

余光中　舟子的悲歌（一九五二）、藍色的羽毛（一九五四）、鐘乳石（一九六〇）、萬聖節（一九六〇）、蓮的聯想（一九六四）、五陵少年（一九六七）、天國的夜市（一九六九）、敲打樂（一九六九）、在冷戰的年代（一九六九）、白玉苦瓜（一九七四）、天狼星（一九七六）、與永恆拔河（一九七九）、余光中詩選（一九八一）、隔水觀音（一九八三）、紫荊賦（一九八六）。

洛　夫　靈河（一九五七）、石室之死亡（一九六五）、外外集（一九六七）、無岸之河（一九七〇）、魔歌（一九七四）、洛夫自選集（一九七五）、衆荷喧嘩（一九七六）、時間之傷（一九八一）、釀酒的石頭（一九八三）、因爲風的緣故（一九八八）。

蓉　子　青鳥集（一九五三）、七月的南方（一九六一）、蓉子詩抄（一九六五）、維納麗沙組曲（一九六九）、橫笛與豎琴的晌午（一九七四）、天堂鳥（一九七七）、雪是我的童年（一九七八）、蓉子自選集（一九七八）、這一站不到神話（一九八六）。

羅　門　曙光（一九五八）、第九日的底流（一九六三）、死亡之塔（一九六九）、隱形的椅子（一九七五）、曠野（一九八〇）、日月的行踪（一九八四）、羅門詩選（一九八四）、整個世界停止呼吸在起跑線上（一九八八）。

向　明　狼煙（一九六九）、雨天書（一九七九）、青春的臉（一九八二）、水的回想（一九八八）。

楊　喚　風景（一九五四）、楊喚全集（歸人編，一九八六）。

管　管　荒蕪之臉（一九七二）、管管詩選（一九八六）。

商　禽　夢或者黎明（一九六九）、用腳思想（一九八八）。

張　默　紫的邊陲（一九六四）、上昇的風景（一九七〇）、無調之歌（一九七五）、張默自選集（一九七八）、陋室賦（一九八〇）、愛詩（一九八八）。

吳望堯　靈魂之歌（一九五五）、玫瑰城（一九五八）、地平線（一九五八）、吳望堯自選集（一九七九）。

瘂　弦　瘂弦詩抄（一九五九；又名苦苓林的一夜，一九五九）、深淵（一九六八；一九七〇）、瘂弦自選集（一九七七）、瘂弦詩集（一九八一）。

楚　戈　青菓（署名袁德星，一九六六）、散步的山巒（一九八四）。

碧　果　秋．看這個人（一九五九）、碧果自選集（一九八一，詩文合集）。

鄭愁予　夢土上（一九五五）、衣缽（一九六六）、窗外的女奴（一九六八）、長歌（一九六八）、鄭愁予詩選集（一九七四）、鄭愁予詩集Ｉ（一九七九）、燕人行（一九八二）、雪的可能（一九八五）、蒔花剎那（一九八五）、刺繡的歌謠（一九八七）。

辛　鬱　軍曹手記（一九六〇）、同溫層（一九七八）、辛鬱自選集（一九八一，詩文合集）、豹（一九八八）。

黃　用　無果花（一九五九）。

方　旗　哀歌二三（一九六六）、端午（一九七二）。

白　萩　蛾之死（一九五八）、風的薔薇（一九六五）、天空象徵（一九六九）、白萩詩選（一九七一）、香頌（一九七二）、詩廣場（一九八四）。

葉維廉　賦格（一九六三）、愁渡（一九六九）、醒之邊緣（一九七一）、野花的故事（一九七五）、花開的聲音（一九七七）、松鳥的傳說（一九八二）、驚馳（一九八二）、三十年詩（一九八七）、留不住的航渡（一九八七）。

戴　天　岣嶁山論辯（一九八〇）、石頭的研究（一九八七）。

西　西　石磬（一九八二）。

林　泠　林泠詩集（一九八二）。

方　莘　膜拜（一九六三）。

張　健　鞦韆上的假期（一九五九）、春安．大地（一九六六）、畫中的霧季（一九六八）、屋裏的雪花（一九七八）、白色的紫蘇（一九七八）、四季人（一九八一）、水晶國（一九八一）、夜空舞（一九八二）、雨花台（一九八二）、聖誕紅（一九八二）、草原上的流星（一九八三）、張健詩選（一九八四）、山中的菊神（一九八七）。

楊　牧　水之湄（一九六〇）、花季（一九六三）、燈船（一九六六）、非渡集（一九六九）、傳說（一九七一）、瓶中稿（一九七五）、北斗行（一九七八）、楊牧詩集I（一九七八）、吳鳳（一九七九，詩劇）、禁忌的遊戲（一九八〇）、海岸七疊（一九八〇）、有人（一九八六）。

敻　虹　金蛹（一九六八）、敻虹詩集（一九七六）、紅珊瑚（一九八三）。

羅　英　月末記（一九五九）、雲的捕手（一九八二）、二分之一的喜悅（一九八七）。

張　錯　過渡（一九六五）、死亡的觸角（一九六七）、鳥叫（一九七〇）、洛城草（一九七九）、錯誤十四行（一九八一）、雙玉環怨（一九八四）、飄泊者（一九八六）、春夜無聲（一九八八）。

溫健騮　溫健騮卷（黃繼持與古蒼梧合編，一九八七，詩文合集）。

古蒼梧　銅蓮（一九八〇）。

施善繼　傘季（一九六九）、施善繼詩選（一九八一）。

關夢南　詩作未結集。

梁秉鈞　雷聲與蟬鳴（一九七八）、游詩（一九八五）。

羅　青　吃西瓜的方法（一九七二）、神州豪俠傳（一九七五）、捉賊記（一九七七）、隱形藝術家（一九七八）、水稻之歌（一九八一）、不明飛行物來了（一九八四）、錄影詩學（一九八八）。

北島 太陽城札記（一九八三，中英對照本）、北島詩選（一九八六）、五人詩選（與四位詩人合集，一九八六）。

江河 從這裏開始（一九八六）、五人詩選（與四位詩人合集，一九八六）。

蘇紹連 茫茫集（一九七八）。

何福仁 龍的訪問（一九七九）。

多多 詩作未結集。

舒婷 雙桅船（一九八二）、舒婷・顧城抒情詩選（一九八二）、會唱歌的鳶尾花（一九八六）、五人詩選（與四位詩人合集，一九八六）。

陳義芝 落日長煙（一九七七）、青衫（一九八五）。

渡也 手套與愛（一九七九）、陽光的眼睛（一九八二）、憤怒的葡萄（一九八三）。

楊澤 薔薇學派的誕生（一九七七）、彷彿在君父的城邦（一九七九；一九八〇）。

向陽 銀杏的仰望（一九七七）、種籽（一九八〇）、十行集（一九八四）、歲月（一九八五）、土地的歌（一九八五）、四季（一九八七）。

楊煉 禮魂（一九八五）、五人詩選（與四位詩人合集，一九八六）。

羅智成 畫册（一九七五）、光之書（一九七九）、傾斜之書（一九八一）。

夏宇 備忘錄（一九八四；一九八六）。

顧　城　舒婷・顧城抒情詩選（一九八二）、黑眼睛（一九八六）、五人詩選（與四位詩人合集，一九八六）。

劉克襄　河下游（一九七八）、松鼠班比曹（一九八三）、漂鳥的故鄉（一九八四）、在側天島（一九八六）、小鼯鼠的看法（一九八八）。

陳克華　騎鯨少年（一九八三）、星球紀事（一九八七）、我撿到一顆頭顱（一九八八）。

林燿德　銀碗盛雪（一九八七）、都市終端機（一九八八）、妳不瞭解我的哀愁是怎樣一回事（一九八八）。

曾淑美　墜入花叢的女子（一九八七）。

鍾偉民　捕鯨之旅（一九八三）。

羅　葉　詩作未結集。

洪範文學叢書⑲⑤

現代中國詩選二

編　者：楊　牧　鄭樹森
發行人：孫玫兒
出版者：洪範書店有限公司
臺北市廈門街一一三巷一七—一號二樓
電話：（○二）二三六五七五七七
傳眞：（○二）二三六八三○○一
郵撥：○一○七四○二—○
行政院新聞局局版臺業字第一四二五號
法律顧問：陳長文　蕭雄淋
初　版：一九八九年二月
七　印：二○○三年九月
定價三○○元
（缺頁破損裝訂錯誤請寄回調換）

ISBN 957-674-000-2（平裝全套）
ISBN 957-674-002-9（平裝第二冊）

國立中央圖書館出版品預行編目資料

現代中國詩選／楊牧，鄭樹森編. --初版. --
臺北市：洪範，民78
冊；　公分. --（洪範文學叢書；195）
ISBN 957-674-000-2（一套：平裝）

831.8　　81004844